瀚上行吟

敦煌文艺出版社

图书在版编目（ＣＩＰ）数据

陇上行吟 / 陈英著. -- 兰州 ：敦煌文艺出版社，2018.11（2021.9重印）
ISBN 978-7-5468-1666-1

Ⅰ．①陇… Ⅱ．①陈… Ⅲ．①诗集－中国－当代 Ⅳ．①I227

中国版本图书馆CIP数据核字（2018）第 269094 号

陇上行吟

陈英 著

责任编辑：李恒敬
装帧设计：孟孜铭

敦煌文艺出版社出版、发行
地址：（730030）兰州市城关区读者大道 568 号
邮箱：dunhuangwenyi1958@163.com
0931－8152198（编辑部）
0931－8773112 0931－8120135（发行部）

北京一鑫印务有限责任公司印刷
开本 880 毫米×1230 毫米 1/32 印张 5.5 插页 1 字数 70 千
2018 年 12 月第 1 版 2021 年 9 月第 2 次印刷
印数 501～2500 册

ISBN 978-7-5468-1666-1
定价：28.00 元

真性情

陈英既完稿其诗集《陇上行吟》，示仁陟曰："请为之序"。

陈英系吾门生，从事土地科学之教研工作，十有余年。其研究专涉农村土地制度与经济范畴。近年深入农村调研，足迹遍布甘肃大地，陇原西东。一路行走，一路吟诵，成诗二百余篇。"陇上行吟"，可谓其真实写照。

吾虽系其师，然于文学一道，则逊之远矣。今为之序，实勉力为之也。

倚声之学，千有余年。顾能上溯风骚，与为表里。识者为之，莫不沿溯汉魏，游衍屈宋，以蕲上窬三百篇之旨。谓不如是，不足以澂其源，涉其奥。然诚如黄山谷《梨花诗》序言"诗生于情，不情，何以为诗。"窃以为声韵之道，关乎性情，通乎造化。诗心之源，存乎诗人性情耳。所谓诗者，意内而言外，格浅而韵深，其发擿性情之微，尤不可掩。

诗盛于唐，滞于宋，而衰于明清。"五四"以降，白话状格律，犹木偶被文绣耳。及之当世，知之者少，好之者尤鲜矣。陈英理工出身，虽好于国学古文，而少系统研读，多广泛涉猎。然其多年游走于陇原大地，春秋景异，晨昏气殊，其入眼入心，岂能无所感，有感又岂能无所寄哉。观乎山林之景，寄乎诗文之赋，无论高大正古，抑或叹老嗟卑，皆应景因事，发乎性情。故其情也长，其味也永；其为言也隽以思，其感人也深以婉。

是为序，非以空言传声，不能无慨于衷。爰书数言，以弁简端。

戊戌年夏六月张仁陟序

自序

　　不肖生平读诗，尤喜王（摩洁）孟（浩然）。平生为诗，无所提命。时常聊凑三五句，或见而讥之，或见而誉之，吾固默然而无以应也。诚如清人吴修龄言"所谓诗，如空谷幽兰，不求赏识者。"古人有所见有所感而有所诗，自寄其意，自达其情，惟抒己意，不索人知其意也。盖人心隐曲处，不能已于言，又不欲明告于人，故发于吟咏也。

　　近年时游丘壑梁墌，观乎山林之景，感于天地之气，岂能尽无一语哉。偶见粲风起而郁云开，时遇夕鸟惊而寒鳞跃。或山花遍放，或林叶振落。野步既倦，散憩篱间。高山流水，抱膝长啸；竹林芳径，俦侣忘机；纵谈村叟，坐对清泉……破烦蠲忿、夷难解惑；雅俗并嗜，胆识俱丰。兴之所至，借其时景，寓以诗句，述所行事，道所深情也。以鉴有才如斯，有情如斯也。然才非梦鸟，学惭半豹。所作或崇山坦途，或蝶雨梨云，貌托灵修而指陈琐屑，情多寂寥而感寓不当，憾不能达其所感耶。非谓情不深也，实为诗词曲赋，规模虽隘，门墙自高。知之甚少而悟之尤鲜也。

虽如是，经年累月，积而成帙。近时细加考订而成册，引以千端，衷诸一是。非敢抗美昔贤，存以自镜而已。惟期读者不以文害词，不以词害志，是为得之。

时戊戌年夏六月十九日

目　录

Contents

1

陇上行吟

陇原行

终年住城市，新岁探村居。
浊醪饮野客，大雪暗烟墟。
茅屋幽栖静，豆薯胜鲍翅。
春风管闲事，嫩绿著残枝。

南梁雾

浓雾南梁道，一剪半山秋。
清雨滴翠微，古木画龙虬。
山鸟声悦耳，霜叶色明眸。
佳景宜人醉，自在逍遥游。

山乡骤雨

赤日炎炎照，暑气簌簌飘。
骤雨铁骑疾，地炎妖鬼消。
霁云山径滑，虹霓晚霞娆。
不耽村醪美，兴浓乡歌高。

3

山乡游（其一）

重峦渐远近乡屯，浮云漫遮光影昏。
沟谷残存流沙迹，雉兔翔集灌草丛。
弱枝风拂知年少，玄鬓指搔带雪痕。
陶朱履野亦不悔，闲观学鸠与鲲鹏。

山乡游（其二）

乐向山间求自在，得闲入村觅乡音。
漫随田道砂砾碎，渐隔路缘草木青。
林外坡缓同色相，波中影叠印禅心。
风来万物声谐律，何处秋蝉弄鸣琴？

山乡游（其三）

斜阳杂草丘山低，信步寻径觅野诗。
云岫无心谁左右，雉兔有域自东西。
高天雁阵型复乱，瓦窑炊烟曲还直。
断崖孤树零黄叶，闲待来年肥春泥。

山乡游（其四）

半坡覆毯半坡荒，沟深水瘦天地宽。
弯道循环西复东，村景重现去又还。
草地偶尔马一匹，云际日暮霞烂漫。
隔梁清心歌一曲，山谷野花别样黄。

山乡游（其五）

离家飘零作远游，浮云掠过北山头。
落叶声惊三生梦，飞鸿影动一岁秋。
鱼肠有意偏不取，蓬山无路却多求。
从前未会登临意，入眼入心双泪流。

注：鱼肠指十大古剑之一鱼肠剑；蓬山取李商隐"蓬山此去无多路"之意；登临意取自辛弃疾水龙吟。

村宴

小小方物可堪期，桌上菜肴尽山蔬。

独怜幼禽悠闲好，偏爱小犬自在舞。

平凡人生零露浅，等闲岁月拾阶低。

静听旧曲入青眼，懒看老柳钓白鱼。

山乡骤雨

花色犹艳绿犹肥，思欲信步行已违。

风尘影自车后乱，逆旅心从乐处慰。

生涯跌宕志趣疏，岁月蹀躞韶光飞。

每有鹿车荷锸想，即生藩花堕溷悲。

环江桥

身近山前心渐凉，月隐云后影略单。

灯火一桥淹故客，乐谱满额怯流年。

阴阳无奈叹造化，寒暑有意瘦诗肩。

虽可归去还来兮，旧梦新期两渺茫。

山雾

半山雾气带晓寒，一湖深水映檀栾。
微轩孤立潭影空，碧树萦纤襟带宽。
村居早起客局促，山路幽隐车蹒跚。
片时却望高秋色，诸事浮名化云烟。

庆阳夜景

天外浮云无限青，东西飘荡傍初星。
灯火依稀人家暗，客旅蹒跚山路归。
阮刘疏懒成闲话，石碑勒就说秋水。
远黛流火欺墨画，暂借弦月饷吾心。

注：流火为采气点尾气燃烧。

黄土植被殇

登高闲愁总满怀，关心岂止杨树栽。
十年风雨伴草眠，半丘尘土扑面来。
山景渐成心上刺，粉衣尽化眼前霾。
暗祈重塑旧形骨，隔年可观美人腮。

农家（其一）

客旅黄土塬，行走僻远村。
闲观秋芋熟，慢啜老茶温。
入圃理园蔬，倚墙观飞鸿。
莫道山谷狭，深感兴味浓。

农家（其二）

登高四望满秋晖，草木森森见翠微。
山路崎岖条条去，浮云淡拂缕缕飞。
麻叶垂泪客先悟，菊花带金秋后违。
惜哉村酿酒未熟，幸甚山羊肉正肥。

农家（其三）

闲步到园田，方知农人甘。
纵谈与村叟，清坐对山泉。
近水苹果大，靠阳柿子甜。
麻叶频点头，人累兴不减。

远山晨雾

远山依稀透晨晖，近地渐趋雾气微。
深林响歌声益壮，青山经雨绿尤肥。
时羡村篱披金甲，每怯衰颜照秋水。
独有茫茫无限感，留与心头散陈悲。

王甫梁行游

简装轻车王甫梁，行高审低丘壑间。
蒿草与人分露水，高树顺弯隐村庄。
不谙世味窥乡景，为识淳朴观素颜。
高处小憩寒未侵，斜阳随秋入画廊。

秋感

远山夕照树影深，岁月雕磨露峥嵘。
红尘一笑别旧友，绿酒三杯醉老陈。
每叹花残悲鸿雁，更怜漏尽伴孤灯。
南海蜀僧何日返？当轩无语对西风。

过山村

亲山恍旧梦，就荒野老身。
飞车邀夕照，结伴过云村。
秋色生荒径，虫声咽篱根。
归来玩新诗，傻乐一瘦翁。

环县霜秋

登高羡山秋，舒怀藉风流。
俯视赏霜叶，仰观豁远眸。
刘郎情未已，太白兴难休。
不为外物累，无须己身忧。

秋寂

品茶窗前月，和韵远山雾。
禅心莲千叶，客梦菊一枝。
静悟逍遥游，闲吟静夜思。
寒鸦逐秋虫，孤桐老无语。

环县红土咀

孤窑空山卧，落日炊烟斜。
靠崖养畜禽，绕篱栽杏果。
霜枝摇红黄，古木舞龙蛇。
行吟不缺伴，隔梁放山歌。

华池乔川行

驱车越山丘，如浪颠小舟。
孤窑野烟合，独树水气秋。
雉鸡入芦荻，瘦犬吠鸽楼。
山中多佳景，一游散闲愁。

伤秋

西风过霜林，黄叶满地金。
白发伤往事，红尘老光阴。
搜借骚人句，撩拨浪子心。
题诗付山丘，聊作客土肥。

合水初雪

尚有绿树晃未休，竟忘天时已深秋。
忽闻乱叶声猎猎，骤感西风冷飕飕。
夜半急雨敲窗棂，清晨飞雪舞风流。
乡道疏枝呈静影，远山浓雾暗清眸。

空村赋

寒气冷霜枝，苦雨烂泥涂。
入村多苍颜，出门孤伛偻。
暮色合四围，雾气罩烟墟。
村犊鸣声远，一哞响空虚。

宁县郊野

红日高照残雾消，一驱轻尘上村郊。
冬麦绿野铺川塬，农户忙里觅逍遥。
为学疏狂从野岭，因寻佳景越壑丘。
晴空斜烟拟云起，即引诗情到碧霄。

陇上行吟

庆城寒韵一笛风，西峰晴雪尽秋红。

兰心寄寓云天外，足迹徘徊陇右东。

室内坐班豪情减，川塬行吟诗意增。

萧萧谁解此中意，高天烟斜雁横空。

　　注：庆城系甘肃庆阳市庆城县；西峰系甘肃庆阳市西峰区。

戈壁行

未近敦煌城，先亲阳关风。

平地滚砾石，高空飞沙尘。

但闻四野哭，不见半分形。

仔细觅行路，几与大漠同。

留守老人

留守几亩田，赚得一年忙。

摘秧葡萄架，灌水沟渠边。

破窗招沙尘，孤灯叹残年。

谁识苦与寂，所得有几钱？

无题

羁怀嫌酒香，旅梦就昏黄。

人静秋声好，楼高送晚凉。

断塬秋叶

傲立崖头株株妍，绚丽迎风舞红黄。

草木不嫌山水瘦，只顺时序恣意长。

秋林

登高我为峰，心清俗事空。

驻足观林色，启唇试露温。

豪情云上去，红叶篚中存。

春暖虽怡性，秋景更销魂。

曲径

曲径幽林中，独行无友朋。
鸟鸣声销骨，秋艳色断魂。

山路

山路弯道急，向东忽又西。
疏雨苍山静，烈风劲草嘶。
老树薄雾绕，村墟轻烟舞。
会当凌绝顶，拭目万岭低。

山雾

薄雾大寨山，登高欲成仙。
云低暗草木，道曲演阴阳。
花凋知风烈，叶醉觉霜寒。
行程步履轻，不惧路维艰。

霜天

万类竞霜天，听凭物候鉴。

山林情浓烈，红黄锦绣染。

墨客拎壶醉，骚人遇秋殇。

未偕桃源梦，秋思寄北长。

村郊

清晨步村郊，大地满凝霜。

红叶舞醉蝶，西风卷愁肠。

旷野景萧疏，俗情梦凄凉。

慨叹华年短，感悟逝水长。

秋山

阴阳两坡辨冷暖，丹黄青翠色迥然。

霜妒叶妍日日侵，风羡松青时时掀。

余晖尽染枫林醉，断崖半遮苍松健。

忙里偷闲赏美景，长啸短咏乐清闲。

村童

萧瑟西风凛远山，花落叶枯秋梦残。
村童不觉时序至？开裆短裤悟早凉！

山景

黄土原上征，一路奔风尘。
花尽枫林丹，塬断沟壑深。
越岭西风烈，入坳炊烟浓。
流光夕照晚，犊牛唤牧童。

山村

半山半田路半斜，半山坳里两三家。
树荫半遮夕照晚，闲坐半坡听落花。

沟谷

沟谷虫声促，林中鸟语柔。

雨过山色新，霜临暑不留。

日落当回车，崖断如层楼。

自在山林乐，纵白九分头。

河西吟

祁连葱岭意悠悠，泽及河西三大州。

迎春岭上梅映雪，待客筵前泉中酒。

野趣大漠沙共驼，水韵黑河柳同舟。

茶马古道今犹在，关外春风待君酬。

洮河夕照

夕照洮河阔，云低秃山远。

波荡影渺渺，舟行水茫茫。

感时羁身久，怀人客路长。

古道悲西风，瘦翁结愁肠。

津沽逢老友

岁初天津逢，不辨几分真。
只缘雾霾浓，相约明媚春。

滨河湿地公园

漫步黄河十里滩，桃花新落嫌衣暖。
东风善解时人意，拂面吹来沁心凉。

童稚

天吹黄风风卷沙，沙乘风势侵万家。
童稚不觉风沙恶，嬉戏田园追落花。

金昌公园

名曰虞美人，嘉种在湖东。

出苗纤嫩绿，开花白黄红。

色动迷人眼，影摇乱清风。

滞足不忍去，数秒计归程。

小圃

小圃过新雨，万木凝寒光。

青天映秀质，紫草释清香。

风撩荷叶梦，露醉野菊妆。

影动春微透，蜂嗅韵更长。

梯田

抛却烦心事，驱车入乡间。

沟谷枝婆娑，山道路蜿蜒。

梯田种洋芋，花开赛牡丹。

乡情能娱客，蝉鸣可通禅。

晴雨

晴雨山苍茫，万禾积素光。

沟谷水未流，黍绿小麦黄。

蜂来花有致，人去堪自赏。

兴登小丘顶，望见高山远。

秋雨

闲雨半坡草木瘦，独伫山道物我秋。

蝉蜩凄切吟楚歌，无边思绪到心头。

灞陵桥

灞陵桥上思悠悠，文士武将竞风流。

关羽挑袍辞汉寿，中正骸骨驻琉球。

左公杨柳拂西垂，右任大道行九州。

千古多少英雄客，百年之后万事休。

岷县乡村（其一）

荒坡本无路，门外即是山。
沟深烟漠漠，谷静水潺潺。
溪浅堪没脚，椒红胜珠丹。
此心谁可解？但谓云水间。

岷县乡村（其二）

野径通远方，林木偎草堂。
雨过山色重，风送鸟声长。
涧水冲茶绿，土豆和面香。
若得足闲暇，长居又何妨。

岷县乡村（其三）

秋风送晚凉，暮色笼村墟。
鸡鹅步山坳，犊牛哞桑榆。
坡陡山径窄，野旷爨烟疏。
只因身是客，悻然驰归途。

田家

落生深山坳，稼穑事浩繁。
何当衣食足，偷得半日闲。

华家岭

风送碧云天，山行客路长。
登高秋月冷，影瘦忆沧桑。

老树

旷野一老树，难得亲水珠。
方受秋雨润，新发绿莺枝。

雪螺居

客旅甘南寓雪螺，劳舟向搁白沙河。
窗外街灯似繁星，间壁呓语胜吟哦。
心烦无计通化境，梦频难能访太阿。
琴音欲诉何由达？供暖清溪一夜歌。

注：雪螺系甘南州合作市一宾馆名。

山行

翻山越岭如履波，草枯地荒转弯多。
坡分阴阳伤植被，塬显凹凸辨丘窝。
深湾洼处扭炊烟，落日檐头转竹萝。
日暮时分赴归程，闲观繁星落满河。

原野

散怀原野游，信步高冈陟。
风迷岭嶂云，尘掩归程路。

老宅

老墙残茅佑青苔，柴门锈锁久未开。
只道古宅不知春，一枝红杏出墙来。

春山

身近春山情意柔，心倦尘网壮志休。
世情渐逐闲云淡，山景全随野步收。
残堨断处余落日，晚霞尽时剩空愁。
东湾宅近闻花醒，谁识春风绿山头。

临洮乡村

房前豪车散金光，屋后繁花蜂蝶狂。
竹掩青瓦春色秀，粉桃白梨绕农庄。

武山咀头乡

渐次清风陌径幽，缕缕花香逐客游。
转弯恰似溜弦月，越岭还如浪轻舟。
一片云天匀水墨，半坡农田画乡愁。
欲尽兴致寻野趣，漫循狭径到山头。

甘谷八里湾

身困斗室不得闲，心倦琐事失寝餐。
因假乡景消长日，暂借田野匀冗忙。
无影清风翻鸭绿，有枝初叶喜鹅黄。
登高一览慰老怀，越岭又是一重天。

秦安王甫梁

登高望远夕照斜，炊烟起处三两家。
三春风尘尤少雨，一时桃李太多花。
夭杏绽放散丹锦，少女出行绉素纱。
此身合应乡间老，翻山越岭走天涯。

秦安中山梁

山路乡径观春浓，嫩黄软柳拂轻风。

夭桃新妆燕子窝，家禽初步鱼鳞坑。

扶眼东湾隐鹤影，纵怀西岭惧犬声。

此心何日清且澈，山影天光一鉴空。

注：燕子窝、鱼鳞坑是沟头防护栽种树窝的象形名称。

清水郭川镇

循径越陌步岭冈，骋目驰怀赏春光。

风和雨细杨柳绿，桃红李白油菜黄。

莺啼花丛颂春华，燕饮柳梢试春妆。

一树芬芳千万蝶，闲伴落花舞翩跹。

秦安金集镇

闲云岑远目，和风拂浅山。

雏燕戏弱柳，小犬吠果园。

旧枝翻新岁，老树打经年。

春困无暇梦，疾走抵嫩寒。

渭河堤

花间信步最从容，神清气爽心自空。
莺啼弱柳试新腔，燕穿杏帘寻旧村。
梨花雪落寂无音，瘦犬偶吠响如钟，
惊起三五鹧鸪鸟，扇飞八九杏花红。

园田

放浪野岭巅，疏狂不羡仙。
远瞻再俯视，惊惧地变天。
或疑繁星落，栽种在园田。
遣兴诗一首，不负好时光。

虞美人·春绪

　　醉眼问花花不语，涧水溢春绪。小楼一夜梦匆匆，老枝吐蕊新蕾舞东风。

　　晨曦漫步堤上柳，唤醒隔夜酒。凭栏不悟晨风凉，将吟小字孤身斜影瘦。

佳园

　　　　山中有佳园，仙草卉木芳。
　　　　掩门枝刚绿，映窗花正黄。
　　　　池流落红水，鱼擎荷叶伞。
　　　　散心好去处，流连不欲返。

叹时

一统春山志意酬，满腔豪情竟日休。
几树暗蕊攒微火，数缕邪风蚀小楼。
俯首皆因槐国梦，折腰都为稻粮谋。
功业未彰春已尽，两鬓空染霜华秋。

春山

春山频顾渐消烦，野径多步忘世喧。
沟深难至闻鸟语，田平易到识农言。
小犬摇尾迎过客，娇莺啼枝试新腔。
莫道闲情无所系，心静何处不桃源。

黄土丘陵

兀兀田地暖暖风，四野放眼尽数空。
山头未见葳蕤翠，沟谷鲜有烂漫红。
一般春风催岁月，别样造化弄天工。
何当物换且星移，肯修容色变穷通。

行香子·夕照

独倚高楼，落日林梢。夕阳下，橙霞似烧。映水黄河，日日东流，永不舍昼，不舍夜，不停留。

人生百味，恰如温酒。欲饮下，有甚因由。云骥羊车，青竹宫盐，问从何来？又何往？欲何求？

土地整治（其一）

山乡昨夜过东风，吹尽阴霾沟谷空。
百尺登高八千里，片云入岫四围中。
抚平梯田高低阶，沟通农户错落门。
极目望远无氛垢，行吟未尽野趣存。

土地整治（其二）

只道缘溪近桃源，入村方知行路难。
肩挑背扛山间日，坎高坡陡井中天。
修路连通城乡道，平地理出高低田。
驴驮马载成旧历，机耕车拉焕新颜。

春山

老树初绽嫩鹅黄，清枝犹带汉时香。

天涯羁旅时空隔，故园故人枉断肠。

且将心思寄山水，一草一木总情牵。

强若空系堤上柳，絮飘一季水流长。

行香子·土地整治

削坡造田，修路成网。沟坡头种树为园。塬断谷深，梁平峁卷。观一条路、一行树、一块田。

人生百味，更深漏短。问来去花落谁旁。依稀往事，梨白柳黄。道心依故、情依旧、梦依然。

沙尘天气

黄沙四月正当春，忍将芳华委路尘。

满目疏枝祈新雨，遍坡沃土祷龙神。

残阳无力照襟孤，余寒有觉入骨深。

不怨柴犬声刺耳，与之俱是可怜身。

窑窗

乡道成网田叠楼，沟谷深浅草木幽。
道袍读易窑窗下，不疑偷窥另山头。

海棠

入乡趁朝晖，犹带三分寒。
海棠与人同，含羞藏笑眼。

山谷

峡谷疏林漏残风，月隐影藏闻寺钟。
滴断佛阶深浅雨，敲残衾夜短长更。
老树经雨吐葳蕤，长沟过风响虚空。
默默无语山崖下，闲听落水声叮咚。

梯田

梯田高低四十楼，山色雾中暗明眸。
农人不怨风雨急，趁机施肥盼丰收。

雨后薄雾

因爱野景读远天，渐弃诗书赴丘山。
花开惊艳疑关果，山入深幽似坐禅。
雾失沟谷隐草木，雨洗青山绿杨烟。
虫声未透残窑静，偶有径流动胡弦。

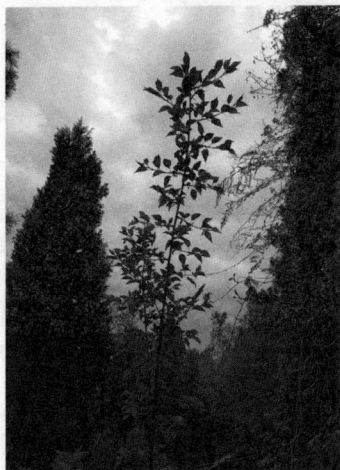

春山雨霁

山乡雨霁晓寒轻，郊野麦浪泛霜星。
林影带风吹复碧，烧痕经雨洗还青。
梁峁人少长得寂，沟谷径狭足堪行。
蝶飞我过似相识，莺啭人走谁可听？

村宅

信步入农宅，绕庄花次开。
坐谈布衣客，共餐村叟斋。
行吟得苦乐，推敲费剪裁。
身心空且澈，清虚无尘埃。

山歌

佯眠过山坡，酣听偶一歌。
韵律技巧少，音色沧桑多。
相遇话未疏，惜别手忘缩。
落花知我未，啼鸟奈春何。

雨后心情

凉雨前宵过，寒留辑宁坡。

入城晴色少，偶梦杂声多。

与谈话略稀，相别手勉摸。

落花知我意，共水唱悲歌。

注：辑宁坡系宁县县城一街道，相对较陡。

留守老人

朝盼儿女暮想孙，村口遥望定晨昏。

白日勤劳苗间作，黑夜愧恨田废耕。

两腿屈成丁字尺，双手弯作十指弓。

相知唯有映床月，聊天只听漏窗风。

行旅

雨勤山多树，地僻路人稀。

叶繁花未落，鸦翔鹊又栖。

未卜吉与凶，安知晴或雨。

行旅自苦乐，前程意不孤。

农耕

烟尘步履晚霞橙，农人夕照正忙耕。
初萌草色青还淡，早酿花苞红欲焚。
新枝稚嫩浓浓绿，旧果残香淡淡红。
浅沐春风微微醉，归来长街处处灯。

留守（其一）

耕作还家居茅村，畜禽归位伴孤灯。
春宵最恨听檐雨，滴滴惊心梦难成。

留守（其二）

绿竹黄花野茅蒿，浅沟小溪碎石桥。
青山墨染匀国画，白云絮飘过山坳。
铄叟锹扶园蔬嫩，垂髫心系纸鸢高。
视频夜半双对话，苦乐一家两地遥。

山乡

行走山乡倍感匆，青山墨岫滤沙尘。
小蒜才抽三分白，芳芹又剪半园春。
旧窑仍显古香色，梯田再展新村风。
小泉流水鸣环珮，松谷吹风空寺钟。

东风引

得时光景美，失意人情懒。
位卑势相轻，处高暑自凉。
行途寻直道，逸趣适莽苍。
会值东风引，把盏胸臆袒。

马嵬驿

路至庆州马嵬驿，峰丘楼树竞高低。
伏道山岭经削斧，如缕涧水滑凝脂。
老木枝条带金鳞，虚窗灯色携银蛛。
共谁月明三更满，慰我襟宽十丈余。

马嵬驿有感

新城古迹竞雄伟，矛戈弩炮列闲庭。
听马云幻明皇梦，陋窗灯映贵妃情。
榆关日落层林墨，长安幕谢何人亏。
将军雄心帝王业，黔首性命蝼蚁轻。

沟谷春深

鸦啼鹊鸣一树深，枝摇影晃乱清风。
雨蚀沟谷深千尺，苔浸崖壁入三分。
沃野草染浓浓绿，断崖夕照淡淡红。
半片山云闲看好，一路烟尘漫行匆。

环县乡村

行程渐趋西，地阔物华疏。
山梁荒半坡，深谷绿一枝。
野土漫车轮，缁尘弥素衣。
对此莫能言，兴败懒吟诗。

城建

旧城改造难，新区建设易。
处处摊大饼，时时扬尘土。

旧地重游

山道犹能记，故村路还狭。
野葱小庭院，老树旧人家。
门前风摇竹，屋后蝶戏花。
足堪慰老怀，助我走天涯。

清平乐·山游

吹尘迷眼，漫山荒芜相。路尽转弯人心喜，蓦见一枝花芳。驱车又到岭东，青草杂树山风，远望沟沟坎坎，不知梦驻何村。

旅愁

荒山秃岭绝烟尘，小径新痕弥旧踪。
春梦渐随行程减，旅愁将共风沙浓。
身行旷野近半月，心念妻儿增三分。
百丈塬面倏举目，忽见柠条花一<u>丛</u>。

谷雨

山岭青黄雨，沟谷断续风。
穿山砂石路，过村畜禽声。
羁旅接天暮，回寒摧木空。
应知谷雨后，十里花色浓。

孤树

奔波天近晚，夕照色正煊。
孤树相视久，花我各欣赏。

地貌

策杖羊肠路，偶见树一株。
风多识土厚，峁高觉陵低。
有水滩掌共，溯源崾岘齐。
堪叹沃土广，可惜降水疏。

注：滩、掌、崾岘系黄土区地貌类。

闲情

风闲云絮淡，雨疏花色鲜。
清冷烟眉皱，虚静陋窗喧。
灯移花入室，光扶影上墙。
漫品碧螺春，浅酌谷米汤。

微雨

山深雾轻黄泥稠，风骨幽怀意未休。
举目远眺应浩叹，一川微雨洗清秋。

戈壁

举目望远四野空，伫立慨叹造化工。
疏雨过后思雾月，荒滩绿处盼清风。
一腔诗意酒囊里，半世豪情行程中。
休怨此身多孤寂，毕竟襟怀几人同。

荒漠

旷野孤影云沉沉，几处人烟动弱风。
荒漠无雨沙如雪，银汉有雾日隐踪。
笛鸣幽咽因声满，云泼淡墨无色空。
客旅身行高速上，漫游心处蹀躞中。

目莲山庄

不期寿万年，但求神悠然。
有感付秃笔，无事作散仙。
客至三杯酒，诗成一枝烟。
心闲入庄游，身累抱瓮眠。

河西行

丝路行程远，荒漠野蓬孤。
南北风光同，晨昏景色异。
经天交映辉，发穴欲探珠。
舒肢感胡风，吟诗忆匈奴。

三危山

惜哉三危山，叹兮千里远。
洞窟被文锦，塔林散金光。
游客络绎来，旅人川流往。
欲高佛路窄，情深禅道宽。

夜宿沙洲（其一）

夜入敦煌宿沙洲，身外无求境自幽。
清茶一杯足解渴，浊醪三觥易上头。
市货小街长觉短，遣兴旅人忙曰休。
沿岸灯映繁星落，牛郎织女同河流。

夜宿沙洲（其二）

羁旅沙洲热，闲步滨河凉。
炊爨多肉蔬，隔窗渺焙烟。
捧书慰寂寞，枕月读《西厢》。
作字原无益，聊遣不夜眠。

关山

驱车过关山，山深路更长。
岭上雪如织，枝头花似霜。
无风鼓不敲，有水琴自弹。
徒然心有悟，堪奈身多懒。

红古山坳

闲宅家中漫看球，应邀欣然红古游。
三山半落山村外，两谷并拥棋枰洲。
茅蒿平铺沟边坡，柠条星布黄土丘。
因烦群蝇逐黑衫，常挥草帽酸困手。

刘家峡水库

一岁半分永靖游，斑鬓不复少年头。
浊水待月洗清白，病躯迎风散浅愁。
九曲黄河争绝景，千重村舍期客留。
旷野绿覆千顷田，空谷哞响一头牛。

刘家峡

一河静水影支离，荡漾心头起艳思。
绝代妙姝愁入梦，栖居乡宅坐生悲。
弃杯潦倒初醒后，负箧吟哦诗成时。
游戏不论真或假，姑从清骨妄听之。

雨后青山

山自苍翠水自流，长天无处不晴柔。

绿波轻摆罗裙舞，薄雾曼描自在幽。

断崖有檐佑燕惊，帘雨无边散客愁。

红伞飞旋垂苕戏，如烟心事即时休。

连阴雨（其一）

霪雨霏霏日，昼频夜继繁。

云结千重顶，水溢万顷塘。

敲窗引商曲，入林刻羽弦。

搦管难下笔，操觚不成言。

连阴雨（其二）

暑热有几何，堪奈霪雨多。

雾映山色秀，石激涧流涡。

烦忧随行散，辞赋奈懒何。

美景诚可待，不叹影落拓。

连阴雨（其三）

霪雨缠绵日，身心忧乐间。

沟谷水兼水，梁岭山覆山。

云结天四闭，涧深水乱溅。

观景一时喜，惜农两荒唐。

夜雨

清歌一夜为谁悲，敲窗击竹高低吟。

山野无风弥大雾，涧谷有水鸣竖琴。

卿卿已误去来我，簌簌岂安悲喜心。

抬头望天云四结，未卜明朝阴或晴。

别样情怀

广场舞

满场头颅晃不齐，各类舞技赛高低。
曲直粗细短长腿，胖瘦横斜黑白脐。
土语旱烟原味正，犬吠人噪乐音稀。
所耽不惟黄粱梦，燥狂难写清浅诗。

山寺有感

探迹寻踪欲何求？叹老嗟卑说杞忧。
半世苦旅浮生客，孤室栖身喘月牛。
规步徐行凝虚力，驻足观风散闲愁。
阮囊虽薄有闲钱，浊醪尤美无故俦。

无题

深居蚁穴思若何？缘槐怎不夸大国。
疑似旱魃趋稚步，恰是将臣转山窝。
身如生于八荒间，心堪滞在六合螺。
徒羡刘项天下志，枉效仲永成蹉跎。

注：旱魃、将臣系上古传说中僵尸名。

有感

明知非其鬼，隆礼厚祭之。

茅台是有酒，中华非无礼。

一脸堆巧笑，两眼示诚意。

谄媚行其是，正道路人稀。

注：非其鬼而祭之，出自《论语·宪政》。

蹉跎岁月

漫检岁月恨无功，终年劳碌叹微声。

青虫不寻前梦蝶，红尘愧作烂柯人。

长铗犹哀难济世，粗衣独悲不禁风。

枉怜蓬蒿为我辈，徒然华发胜衰翁。

明月秋风夜

明月秋风夜，长河涛声星。

信步寻洒脱，遐想慰劳心。

听蝉慨岁月，搔首叹流水。

落寞何所意？初心终不泯。

夜读陶潜

事烦久未读陶潜，夜半对卿相对怜。
瘦薄身躯卿似我，洒脱心灵我无缘。
种豆堪慰凡心苦，对菊可疗折腰难。
问君偷度几春秋，方得悠然乐终南。

研究生

四年本科三年硕，生活无忧变化多；
衣着光鲜皆名牌，亦花亦酒亦欢歌。
囊中通货常恨少，腹中莽草不嫌多；
终日昏昏书中死，彻夜迷迷网上活。
墙上芦苇浅根底，山间竹笋空外壳。
不毛之地空求雨，梧桐高枝愧作窝。
智浅识薄无觅处，学疏才穷难造车；
未经悬梁刺股痛，岂堪中流承大业。

秋思

漫赏金秋月，始知中宵寒。
山高惜流水，心冷忆桃源。
杯水芥难济，烟天雁怎还？
愿为吴刚斧，斫桂嫦娥前。

诚喻

江郎才尽愁意浓，腹笥中空觅无踪。
思枯何处寻根去，涌泉不竭文献中。

醉酒吟

急雨沽烈酒，好友作行舟。
醉中三分醒，扶好莫松手。

请你到农大来看海

紧雨催人行，败草断虫琴。
枯叶舒平野，杂物阻下水。
波涌三寸余，入鞋全身冰。
急奔楼檐下，怨愤意难平。

秋雨

窗外声如乐，轻奏雨带风。
凭兴卷珠帘，横斜见从容。
尽洗喧嚣意，长赏孤叶桐。
倾樽酒似血，傻乐一瘦翁。

感怀

日日复日日，年年复年年。

去日不可追，来者隔云烟。

半生杂苦乐，整日习炎凉。

问菊情未改，抱枝不留香。

春华匆匆谢，盛秋寂寂还。

朝露从今别，暮怀归日忙。

无蝉吟白发，秃毫画方圆。

但存方寸好，留客写归雁。

自喻

展读诘责书，血涌颜面寒；

目逐文字走，情随思绪盲。

文虽三两句，思及万千点；

一时言不慎，蒙羞自经年。

人生匆匆过，追名逐利忙。

岁齿越不惑，敢许通方圆？

不期沾秋露，竟自畏早霜；

但愿弱六欲，方能自刚强。

深秋晨怀

秋深宜安睡，无奈晨鸟鸣。
霜窗浮疏影，横斜见冬景。
开轩燕雀远，舒肢神气清。
金乌升晓气，天地开全境。

寒衣

冢草青又黄，未知先祖安。
阴阳两不知，频频珠泪涟。
彩纸风中烬，可堪御严寒？
乡书尚未达，暗祷莫飞霜。

暮行

日暮隐云烟，月雾夜气寒。
孤零花问影，犹记去年残？

杞人

无意生杞国，故此常忧天。

红尘不遂意，佛道志意偏。

仰恐星云坠，俯怕地心响。

对月惊玉兔，临风惧广寒。

吟诗不足慰，品茶难入眠。

笔底形骸瘦，眉梢愁意悬。

常羡桃花坞，不知有秦汉。

欲买仙舟去，免却写杞寰。

新年述怀

日历一页新，东风沐凉晨。

知情窗上霜，耐寒吃苦人。

年年花相似，岁岁人不同。

曾经青壮貌，渐作白首翁。

晨韵

欲明天逾黑，早起候朝阳。

秋茶三碗尽，余韵满口香。

路寂行人少，风寒虫鸟藏。

只因孖孖行，不觉时日长。

某单位印象

初唐士民晚唐君，北宋气象南宋韵。

顽石不补女娲天，枯木难奏金石音。

鲐背之祝

鲐背思有味，颂祝人声沸。

躬身寄平和，逊言迎主贵。

姊妹闲聊忙，母子握手亲。

玄孙绕闲事，翁媪慰老心。

清明

清酒悠悠意，温茶淡淡香。

上山忆别苦，回归心犹酸。

如闻絮絮语，期食儿时餐。

重逢知何时？天地两茫茫。

本科生毕业论文

高论一篇三步就，惊叹直追子建曹。

计算不输陈景润，糊涂堪比郑板桥。

仰叹

笔走龙蛇未敢休，对卷惊慌喘吴牛。

废寝忘食三月忙，不及闲人一声吼。

西天月明照孤影，东河水黄映清愁。

挂印封金我去也？浅斟低唱乐悠悠！

重阳虚拟游

愧对中秋误佳期，敢负重阳菊花诗？
空步山林赏卉木，虚身曲径羡溪鱼。
野鸟多语撩闲客？飞虫相欢戏秋枝？
万类霜天竞自由！独怜烦心无所依。

梦回故乡

梦里不觉鬓角霜，青春笑语还故乡。
轻车熟路游旧地，岂知今日不当年。
雾锁东林绕佳木，云横西山遮夕阳。
举杯把盏忆往事，呓语梦醒独怆然！

无题

羁贫愧庸愚，罹祸怨粗疏。
名实知冷热？酸辣品咸苦。
无缘蟾宫门，有梦梅花枝。
谁怜形骸瘦？世味只自知！

无题

无能为大事，有情常病酒。
老易伤往昔，醉堪散闲愁。
酣梦不知觉，呓语羞出口。
或恨流水远，未携落花手。

遣怀

怕老掩白发，畏寒忌说秋。
雪泥遗鸿爪，孤鸢牵客愁。
论时悲屈贾，叹运哀项刘。
欲卜归时路，旧枝恋何由？

注：屈贾者，屈原、贾谊也，项刘者，项羽、刘邦也。

会议

屋顶烟雾里，同事朦胧中。
衣服人人穿，冷暖各不同。
丝袖捂香汗，陋窗透西风。
室内谁识味，香臭大一统。

感悟

猴哥故事八戒听，领会意韵秋已尽。
琵琶空谐梁祝梦，琴瑟枉奏金石音。
沉舟侧旁千帆竞，病树前头几枝新？
聊饮三杯图一醉，大江东去又何悔？

注：话说唐僧师徒四人来到流沙河，水流湍急，只得划一叶小舟缓缓前行。但是由于四人的体重超载，不得不减员以保顺利过河。最后唐僧出了个主意：大家讲笑话，谁讲的笑话不能将大家逗乐谁就自动下船。于是孙悟空讲了一个笑话，把大家的肠子差点笑了出来，可是只有猪八戒皱着眉没有笑。没有办法，悟空只得先下了船。轮到沙僧讲，大家又是大笑一场，可是猪八戒仍没笑。沙僧只得认栽，跳下了船，仅剩唐僧和猪八戒了，唐僧心想八戒够厉害，只好也开始讲，没等唐僧讲两句，猪八戒便傻笑了起来。唐僧十分疑惑，心想我这笑话还没到高潮哪。八戒这时候说话了："呵呵呵呵……猴哥，猴哥讲的笑话真好笑！"

记梦

驱车越丘壑，信步寻野径。

山空回声浊，叶枯落音轻。

烟墟不见人，村林无鸣禽。

院落杂物陈，床桌尘埃飞。

弦月钓虬枝，落日挂斜林。

行经断头路，渴见涸井水。

蛇伏心肾颤，犬吠肝胆惊。

梦中多路歧，醒后泪沾巾。

夜雨

独明坐空楼，时光去不留。

宋词听夜雨，晋字化清愁。

香茗消寂寞，茶雾逼明眸。

比邻知梦酣，呓语似鸣鸠。

无题

一番辩说一番休，一度心软一度愁。
怎生得便排孤意，只凭秃笔搅心稠。

无题

孤心谁解赏孤芳，轻许孤灯伴孤窗。
晓风孤柳拂孤梦，残月孤影落西厢。

无题

缘木求鱼非为谎，琴瑟不复奏和弦。
忍看幼稚成才苦，暗伤老枝吐绿难。

无题

南朝旧事，玉树后庭，又岂商女？
韩公说马，同槽骈枥，悲嘶何知？

赏雨

（一）

秃笔闲搅影幢幢，骤雨乱点打书窗。

庭树满衔游子泪，草叶半吐故园腔。

极目远眺悟空虚，静心细听痴愚顽。

推窗引雨入室来，耳目一新神气爽。

（二）

树摇云晃影幢幢，闲情听雨正临窗。

庭树园草天然韵，雨调雷声洒脱腔。

置酒一杯犹未竟，横笔半幅墨已干。

撑伞雨中走一遭，神也清来气也爽。

无题

瑟瑟凉风起，呜呜鸣不休。

口涩思浓茶，情醉未必酒。

奔走如驽马，闲步胜老牛。

无欲心淡定，逍遥乐清秋。

差异

女娲捏泥丸，造人各殊样。
畏寒拒赏梅，喜湿就泥潭。
乌鸦常啼亲，百灵偶啭烦。
澹泊可明志，宁静仅致短。

清平乐·自嘲 (其一)

浮生大半，不曾细盘点。酸甜苦辣皆尝遍，柔情豪气对半。

本为一介寒儒，虚名实惠全无。且喜宿志未改，秃笔炭墨毛纸。

清平乐·自嘲 (其二)

某本布衣，躬耕于西凉。皇城滩上牧牛羊，逍遥自在神仙。

哪料时来运转，进入学府殿堂。尔来二十余年，挣钱穿衣吃饭！

注：皇城系张掖市肃南裕固族自治县一个牧场名。

叹亡

年游兆涒滩，月赤奋若，良师益友因劳而逝。慨叹良多，作七言八句：

斯人已驾仙鹤游，徒留侪辈怅西楼。
曾羡良驹遇伯乐，奈何御之似老牛。
常恨英才多劳苦，无奈佞幸缺白头。
前望歧路何如是？归去来兮少烦忧。

注：游兆涒滩，赤奋若系古历法。

小生

暮送西霞残烟中，启窗微吹小凉风。
小生已改年轻态，不与当年情景同。

无题

相约佳节聚一堂，忆昔怀故话当年。
宁知相见欢笑多？不识愁人已断肠！

相聚

笑语盈盈在眼前，青春朝气还依然。
出师弟子今又来，情景依稀似旧年。

锦瑟

锦瑟为何五十弦，弦柱未谙已暮年。
半生不识角徵羽，终岁难调律吕阳。
误将焦尾当柴烧，轻许广陵对牛弹。
此情虽可成追忆，应景仍就状惘然。

注：焦尾，中国古代四大名琴之一。《后汉书·蔡邕传》："吴人有烧桐以爨者，邕闻火烈之声。知其良木，因请而裁为琴，果有美音，而其尾犹焦，故时人名曰焦尾琴焉。"

无题

历史哪堪再重读，读来令人多唏嘘。
往事并非全如烟，件件桩桩引抽泣。
事件还原仅考释，人物描述少臧否。
漫漫长卷掩而叹，历史往往多重复。

毕业季

毕业季里又一年，心悸不敢批残篇。
文浅缺识淡如水，句乱无丝少关联。
拆梦东南补西北，含情吴越描天山。
挥毫更作疏狂态，识见清风万里烟。

无题

岁序轮回转，花开几度繁。
依稀芳草绿，蹙促秋雁南。
众生皆忙碌，岂只我独闲。
善始何其多，克终太寡鲜。

无题

听个学术报告，某生嗜睡未到。
余人愤愤不平，深感吃亏不小。

时雨

书桌香茗窗外花，花气茶香间相杂。
杜甫好文悲落木，陶潜烈酒对黄花。
一阵骤雨摧嫩枝，半扇残风破窗纱。
花败茶倾徒奈何，重整垄沟育蒹葭。

社会实践

秀才初次入村墟，讶然未分麦与黍。
与谈稼穑亦茫然，不识方言不认锄。
入户访谈三百余，与民相欢水和鱼。
莫问何人似农夫，耒耜耙犁皆可舞。

自嘲

有梦愿做真名士，无欲甘当未老僧。
平生映雪囊萤力，今朝不妄无用功。

注：映雪囊萤，映雪，晋代孙康冬天常利用雪的反光读书；囊萤：晋代车胤小时家贫，夏天以练囊装萤火虫照明读书。形容学习刻苦勤奋。

劝学

试问诸君梦如何？岂可心如壶口波。
求鱼焉可缘木得，制镜安能用砖磨。
白杨削枝干千尺，绿柳承露枝婆娑。
莫等白头伤旧事，勿许韶光任蹉跎。

注：《孟子·梁惠王章句上》："以若所为，求若所欲，犹缘木而求鱼也。"；宋·释道原《景德传灯录·慧能大师》："一曰：'磨砖岂得成镜邪？'师曰：'坐禅岂得作佛邪？'"

感秋

万物循时序，秋深消蝉音。
径窄犬妨道，天阔鸿搅云。
池枯荷不待，觉惊梦难回。
得闲能几时？诗酒莫相违。

书兴

炼字裁诗意不伸，三省幸未染风尘。
拒承圣谕成焦骨，殷勤南山心何诚？
昼举清樽胸次阔，夜赏明月襟揽风。
行藏不受外物累，清醒糊涂一样真。

注：焦骨，系指传说中因违武则天旨意示开花而
被火烧移植洛阳之牡丹。

遗意

归鸿描阵影，蝉声入画楼。
觉梦三竿日，惊心一叶秋。
读书效莫彰，治学志未酬。
不待西风烈，寒儒已白头。

自嘲

四十余年忽如梦，驰鹜衣食奔风尘。
东篱把盏终为空，西窗坐久背成弓。
裁方月色捎归雁，剪缕乡思撒顺风。
漫吟苏子怀人句，哪堪鬓霜纹又深。

值班

素心早归云水间，斗米折腰影先弯。
呆坐无聊眼半闭，静思有声目自圆。
疏星冷看初成局，远梦忽惊枕晓山。
闲人谁问寒夜冷，冰指轻拉单罗衫。

临江仙·感时

画眉深浅入时无，舅姑岂好相与？待晓堂前解宏图，修残补缺难，推陈出新易？

北风凛冽万物枯，满目萧索无趣。除旧去污焕新局，牡丹占乾坤，腊梅吐先枝。

墙角花

独立角隅一枝芳，摇曳生姿散清香。
晨滴寒露滋幽草，夜伴轻风过小园。
素蕊不媒蜂与蝶，柔枝懒借树和墙。
依稀星梦同天老，欣喜芳邻是邑痒。

西江月·开题报告

错乱主谓动宾，糊弄目标内容，
每年此月解分晓，来年或免苦恼？
又是一年金秋，三五一群研讨，
厉声呵责温和教，依然糊涂难逃。

老枝新蕊

莫道室溢香，欣然自有因。

落英怀旧梦，疏枝结新蕊。

初睹枝已老，复观花还新。

谁与怜清瘦，不忍搔斑鬓。

自省

心田半亩久废耕，一日三省耳旁风。

堤封未得活水入，镰歇始放荒草生。

新思似魔却难御，岁月如刀岂可争。

隔窗劳问花消息，中年血色淡于橙。

检点浮生（其一）

检点浮生又一年，迅如闪电杳如烟。
黍熟黄粱招残梦，车入蚁穴留半旋。
少年徒羡张好古，老来枉批魏忠贤。
东皋欲拟苏门啸，清音逐雁到天边。

注：1. 黍熟黄粱：典出唐沈既济《枕中记》所记卢生黄粱梦。

2. 车旋蚁穴：典出唐李公佐《南柯太守传》所记淳于梦梦为南柯太守事。

3. 张好古：出自刘宝瑞相声《连升三级》。

4. 苏门啸典出《世说新语笺疏》下卷上〈栖逸〉："阮步兵啸，闻数百步。苏门山中，忽有真人，樵伐者咸共传说。阮籍往观，见其人拥岩侧。籍登岭就之，箕踞相对。籍商略终古，上陈黄、农玄寂之道，下考三代盛德之美，以问之，仡然不应。复有为之教，栖神导气之术以观之，彼犹如前，凝瞩不转。籍因对之长啸。良久，乃笑曰：'可更作。'籍复啸。意尽，退，还半岭许，闻上晒然有声，如数部鼓吹，林谷传响。顾看，乃向人啸也。"

检点浮生 （其二）

检点浮生又一年，匆忙未及细推详。
是非能与白云说，对错敢对清风言，
清廉亦可人前述，功过羞向众人讲。
不忿樗材趋老朽，百感哀来忽怆然。

检点浮生 （其三）

检点浮生又一年，刘郎才气亦枉然。
许汜不知求田苦，元龙焉识问舍难。
绣闼朱甍无汉瓦，乡路野径有秦砖。
不恼喧嚣惊蝶梦，暂偷半日濯清泉。

注：《三国志·魏书·陈登传》："君有国士之名，今天下大乱，帝主失所，望君忧国忘家，有救世之意，而君求田问舍，言无可采，是元龙所讳也，何缘当与君语。"另：辛弃疾《水龙吟·登建康赏心亭》，"求田问舍，怕应羞见，刘郎才气。"

清平乐·宴饮

眉眼无碍，醉里笑颜开。

新酒启封谁主宰，依然萝卜白菜。

宾主阔论高谈，说歌逗趣盎然。

但使湘君心动，哪管泪迹斑斑。

酒梦

惊心一梦诸事杳，依稀昨日却今宵。

佳肴上桌殊未动，美酒入腹翻波涛。

不疑大言能蔽日，岂信枯木可生苗。

且喜无求亦无欲，不辩泰山与纤毫。

自问

旧岁已辞唤不回，身游津沽懒思归。

黄粱梦醒逾半世，白发绾结成三维。

太祝十年未改衔，陶令三月即悔愧。

尸位素餐常纠结，今日始问我是谁？

注：唐白居易《张十八》："谏垣几见迁遗补，宪府频闻转殿监。独有咏诗张太祝，十年不改旧官衔。"

梦醒天涯

昨夜东风潜帏帐，捎携好梦到天边。
涸辙相逢不相欢，举杯尽数话时艰。

观工棚窝居

蜗居拥挤蚁巢空，乡色城景各不同。
叠床高低伏斗室，落英左右嫁东风。
阿谁怜葬委地花，哪个肯顾绕阶红。
雨滴牙檐肠断处，魂飞山乡往来中。

晓窗

晓风芸窗净，桐枝鸟语清。
春深花开老，梦浅诗未吟。
持戒心能悟？抱柱性多情。
伫立听天籁，隔窗观启明。

注：抱柱指尾生故事耳。出自《庄子·盗跖》："尾
生与女子期于桥下，久候不至，水涨不去，抱桥柱而
死。尾生抱柱喻坚守信约。愚耶？信耶？"

老宅

老墙生绿苔，残卤隔日炊。
古树凝葳蕤，空室待月归。
雏燕愁暗夜，蛛网结青灰。
白发倚门望，稚子和泪垂。

秋夜

余醉难留月，临窗易受风。
卷帘看兔影，回首笑友朋。
虽然揖让频，岂为恋酒樽？
人老偏怀旧，相思几处同。

学位论文

堆词砌句奈若何，媳妇咋易熬成婆。
早知今日佳句少，深悔往昔好梦多。
徒羡高手弹醉铗，枉慕学霸毓新荷。
为求毕业煎浓茶，堪顾明朝流哪河。

论文评阅

行文近似步荒山，立意犹如坠空潭。
满纸谎言蝴蝶梦，通篇废话野狐禅。
排版嘈杂闻鸟语，布局凌乱看峰峦。
平心淡性藏思绪，轻点鼠标暂退还。

毕业论文答辩

立论云树远，着意草烟轻。
行文燕离巢，逻辑雀争鸣。
观点你我他，语气甲乙丙。
摘要无结论，致谢有余情。

学生论文

五次三番致电问，嫌烦权作耳旁风。
数月忙碌为底事？镇日恍惚犹浮尘。
梦里吃鸡空遗恨，怀中王者虚耀荣。
交稿始知韶光逝，答辩方觉羞煞人。

猫威

家猫贪醉睡不醒，琐事未遂发虎威。

老树闻声知煞气，嫩草经霜感寒心。

三分心胸难为器，八斗才学只匠心。

刻舟求剑岂真事？缘木求鱼许真情。

感时

浊琴谱新乐，黍离麦秀音。

蟪蛄不识秋，学鸠戏榆庭。

杯水芥舟行，长烟匹马飞。

但使愿无违，莫遣乱初心。

注：1. 商朝灭亡，商纣王的叔父箕子在去朝见周王时，路过殷商旧墟，看到宫室毁坏，长满禾黍，非常哀伤，作《麦秀歌》。相传西周灭亡后，一位周朝士大夫路过旧都，见昔日宫殿所在，皆成为长满禾黍的田地，触景伤怀，无限感慨，就作《黍离》诗。

2. 蟪蛄、学鸠出处《庄子·逍遥游》。

无题

羁怀嫌酒香，旅梦就昏黄。
人静秋声好，楼高送晚凉。

吟流浪狗

小园野径伴月走，道旁疏林一小狗。
倏然窜出立对面，豆灯小眼似哀求。
白质黑章双耳垂，颈肩还着破衣裘。
大腹便便臃肿身，孕育仔子万般愁。
也曾朱户被宦养，高门深宅宿绣楼。
撒娇耍泼逗人乐，锦衣玉食不须愁。
岂知一旦被遗弃，贵族骤然成下流。
苦思难解主人意，冥想不知何所由。
杂草丛中消永夜，垃圾堆里细搜求。
虽忘香肠为何物，仍然梦中消宿酒。
暂凭身强奋神勇，流浪群中争上游。
如此仅可度酷夏，不知如何过寒秋。
维持自身已无奈，小仔能否护全周。
险中等候良善辈，或期再得人怜佑。
并非我辈缺悲悯，只因素日不喜兽。
今日略济一口食，祈愿养者勿轻丢。

好梦

好梦依稀入旧年，孤影回眸独彷徨。

青鸟不识韶光逝，常借怀旧赴金湾。

春雪

一冬天藏玉，当春妆琼枝。

龙翔落鳞甲，风吹飘柳絮。

涤荡半空霾，清洗满天雾。

雪后阳光媚，云开万物苏。

贫女

蓬门未识绮罗香，粗布麻衣俭梳妆。

偶见枝头梨花开，疑为霜雪惧天寒。

别径

交游别径行，跰萼竞相迎。

绿柳自婆娑，行人情芳菲。

书生

堪笑书生腐且愚，独游庭径不知孤。
浅草经雨思对饮，嫩柳随风将相扶。
新枝已展花千朵，老树吐芽不服输。
欲知天命尚有缺，何敢颓废自相误。

清风

难解清风意，何故扰柳絮？
飘落迷人眼，不易辨东西。

无题

枕上三二梦，胸中万千山。
随心不逾矩，差可做神仙。

寻常一日

又是寻常一日，照旧人困马乏。
路边歇歇腿脚，装作惹草拈花。

闲云

闲云不解风情，漫天各自飘零。
纵然满腹心事，不知说与谁听？

花草

春风已经远走，夏雨尚未横流。
道旁小草小花，悄悄探脑探头。

麻雀

麻雀是类好鸟，清晨鸣叫真早。
开窗轻轻询问，也只求个温饱。

宴情简述

基于某因，参加宴请。众人扮相，个个相迥。因之有诗，略述情景。以示后人，莫要效颦。

华堂今日开金樽，宴饮席上百相生。
闲谈句中巧卖萌，敬酒词里暗争宠。
口若悬河轻自许，辞难达意懒吱声。
此情当目李伯元，定然新作现形文。

又：

宴饮方开酒，便思欲先溜。
非为酒馔薄，不惯独话稠。
一人兴味浓，余夫皆木偶。
人人装聆听，个个频点头。
惊诧高声嘘，爽笑浑身抖。
偶尔和半声，附以亮明眸。
珍馐殊无味，美酒难入口。
居中如受罪，强留何所由。

注：李伯元，清作家，著《官场现形记》。

借名

满眼朱紫百花开，三五成群结伴来。

申公不知在何处，今日又见王阿奶。

注：吴修龄围炉诗话载：曾在苏州，见一家举殡，
其铭旌曰："皇明少师文渊阁大学士申公间壁王阿奶
之灵枢"。

花事二首

（一）

花到堪折胆气虚，再去寻春怅恨迟。

枉怨东风不知情，绿叶成荫子满枝。

（二）

花褪残红仍痴迷，几度沉沦醉如泥。

瘦尽禅思灯寂寞，晓风残月杨柳枝。

秋夜

余醉难留月，临窗易受风。

卷帘看兔影，回首笑友朋。

虽然揖让频，岂为恋酒樽？

人老偏怀旧，相思几处同？

醉酒

头痛欲裂堪奈何，喷嚏和嗝泪婆娑。

早知今晨记忆少，深悔昨夜饮酒多。

腰身酸软浑无力，心神疲困懒吟哦。

有情相聚别劝酒，各依肚量自品酌。

后来的我们

进退失据堪奈何，媳妇早已熬成婆。

早知今日话语少，何必当初用情多。

过往记忆全是你，后来生活只有我。

登高吟啸别去日，举目望远天地阔。

注：《后来的我们》系时下一电影名。

井蛙

井蛙无奈仰望天，梦游苍穹安知远。

欲赴南海恨有壁，拟入乡村叹无闲。

蓬门空置谢公屐，白首枉吟霞客章。

闭门造车常态化，行路万里口头禅。

注：1. 彭端淑《为学一首示子侄》，讲蜀之鄙二
僧赴南海事；

2. 谢公屐，指谢灵运（385～433）登山时穿的
一种木鞋。鞋底安有两个木齿，上山去其前齿，下山
去其后齿，便于走山路。

浮名虚掷

忍把浮名换浅吟，心安即为善修行。

丘壑万千略相识，词章三五道隐情。

茅茨孤径俱过往，蓬门瓦牖继昨今。

抱瓮佯装刘伶醉，山啸权作广陵听。

老友相逢

相见何辞饮，持杯叙过往。
先述昔及今，再话乐与欢。
忆苦抹涕泗，论时发慨叹。
聊且图一醉，江湖各相忘。

如梦令

昨夜佳肴美酒，又兼知己师友。
兴尽觉量浅，不知身处何洲。
呕吐呕吐，醉倒一条小狗。

酒

涤清百结肠，醉书一笺函。
贾岛倚树卧，刘伶抱花眠。
轻吟如梦令，暗忆李易安。
临行载美酒，顺扬逍遥帆。

感怀二首

与友小酌，慨叹岁月。联诗怡情，忆昔抚今。
拈秋字韵，作七律诗。捧朋友场，娱众人心。

年少拟图赴远游，功业未成誓不休。
江山行走几万里，岁月蹉跎数十秋。
渔郎或忘武陵路，富僧枉叹蜀鄙愁。
感慨西风转北风，懒问流水唱衰柳。

杯水覆案玩芥舟，案小水厚浪盈头。
鼓腮吹风千帆竞，挥掌震木百舸流。
万里航海缩一隅，十年梦想化蜃楼。
老朽再显童稚趣，无关冬夏与春秋。

秋思

坐望西窗枫影斜，仰叹岁月失韶华。
弄梅滋味有还无，怀橘衷情近已遐。
人前休言炎凉事，梦里常品浓淡茶。
霜叶树下饮黄酒，漫理心情赏晚霞。

旧作重读

早岁学作老残篇，白首重读倍凄然。
夕阳远山沟谷雪，蓬蒿荆棘烟雨天。
谁使英雄休入毂，转悲逸少消华年。
萤窗雪案终无负，如今又羡山野仙。

秋日登高

素心已阑颇畏老，应邀相约拟登高。
一岭心惧飞流影，五色秋寒挂树梢。
河北客盈虫有价，山阴村瘠野无聊。
雪中送炭实效弱，锦上添花虚评骄。

忆金庸

飞雪连天静无声，江湖笑傲已化尘。
大漠挽弓数杯酒，五岳争霸一青峰。
雁门雄关壮士泪，通吃孤岛女儿红。
太玄经毁侠客远，燕子坞平幻影空。

另类感悟

另类感悟

幼时就学，师曰：观虫、蚁可知其习。偶群童观蚁穴，一童尿之，群蚁奔突，大笑之。遂遍寻蚁穴，尿而戏之。时人诸事，类童尿蚁穴，不复知其初衷耳！

杂耍者驯虎攀树，引人一笑。然就攀树而言，未若猴、猫。时人诸事，皆类杂耍，此增笑耳，不为事也。

日前参与一会，识诸多业界精英、领导，各邀约晚餐。适一学生家长约见，遂诸一婉拒而就。现时诸人，均有多事会于同时，而何去何从，取决于何？值也！

尝有友曰："为朋友两胁插刀，而友于一旁袖手戏视，可乎？"

墙内有花，友欲取之，遂人梯而攀缘就之。久之不下，下者问何故？曰：墙内有女。

看者不知战者痛也，攀者不知负者苦也。今诸多事，类此耳！

新庙

某生五一归梓，返校告吾一事：途至某村，交通堵塞，爆竹如雷。问之，乃道旁新成一小庙，村民庆祝。下车视之，庙宇简陋，内塑三尊像，面目狰狞，目光呆滞。村民奔走，幼儿惊叫，人人喜形于色。已而有人高声宣讲，似感谢捐资之人，有衣着光鲜者数人立高处拱手致意，似士绅，如商贾。近一时始疏，乃过。三日后返，至此仍堵。询之，乃"四月八"耳。村民祈福禳灾，士商求官谋利。一时人影散乱，烟火缭绕，果珍杂陈，异味缤纷。再视庙像，竟觉庙宇古朴、塑像庄严，宝相肃然，神目如电。大惑之。于是有诗曰：

> 新成一座庙，塑就三尊像。
>
> 祈福循利禄，谋事守阙残。

信夫？

盆花

育盆花君子兰，数月不见其变。偶弃一白瓜籽盆内，竟发芽，旬日与兰比肩。遂除兰。又数日，即藤蔓缠绕、蒙络摇缀矣。妻曰：弃珠玉而就砂砾也。曰：质虽佳也，奈何待也，人皆喜其迅，又岂敢望梅止渴而冀其空耶？事遽不若此乎！

画眉（其一）

同乡文氏小子高升，众乡梓全贺，吾幸识之。虽大好才貌，亦薄福之人，非青云器耳。酒酣之余，索吾之书。

兴之所至，乃书唐人朱庆馀近试上张水部诗文。文某睹之，怒曰："吾岂画眉男儿乎？"愤然离去。吾自默然揉而毁之。

数月后，文某罢职待审，牵涉同乡四人。叹曰："不工画眉，安知入时与否？"

画眉（其二）

昨遇旧友，论及吾前所作品文"画眉"（近试上张水部），亦谓其闺房女儿作也。世徒以香奁目之，盖未深究厥旨耳，又何知言外别具深义乎。涉广鲜少，工文更罕，惜哉！

梦疑

梦路崎岖。所经之地，无论生熟，或烟残雾横，或沟斜水污；所见之人，或蜂目悠悠，或豺声呼呼。

昔读武侠，大成之术，仁曰制怒，求平和下得证大道；邪曰蓄恨，谋仇仇中可悟神功。

梦寓何意？促邪乎？

南山隐

同乡文氏小子，"211"毕业，供职某局近10年，薄具才名，是以组织简拔，拟充领导秘书。领导见之，与谈数语，心有不喜。然仍擢升某处副职。旬月，因与正职交恶，阴告，具日记一本，皆贪腐事也。查之，文某亦不得免，且牵涉处室他人。

后领导训之，曰："识人不以名，面之，才具虽彰，阙失亦显。"始悟身居南山，心存魏阙之深意，彰才名而隐不足耳！

倾塔

欧阳文忠公归田录载：开宝寺塔在京师诸塔中最高，而制度勘精，都料匠预浩所造也。塔初成，望之不正而势倾西北。人怪而问之，浩曰："京师地平无山，而多西北风，吹之不百年，当正也。"

其用心之精盖如此也，谋百年事也。今人谋事，若此乎？三五年不足尔。盖多平衡人事，表面事之。

观蚁

树根见蚁群狩猎，三五成队，裹挟青虫等战果归穴，洋洋然有得色。时一老带孙至，观数秒，轻挥蒲葵扇，风尘骤起，蚁或奔或飞，相互踏践；又令童尿蚁穴如雨注，蚁或漂或爬，一无所避。一时失联无数，伤残满地。呜呼！天道有常则或可循之，人性无定规岂能预知。遭此横祸，岂不悲哉！人亦倮虫，遭人祸何其少乎？

灵符

榆中，闻村民某因患就医，查数项，医令其取药，因钱不足而持药方归，后至医药超市，竟不识。至晚归村，见邻居欲出门。问之，曰："患头痛，彻夜难眠，欲求符。"（村民多因头痛疑虐鬼缠身而求符）。曰："不必，有。"遂以红线系药方于门楣。次日晨，邻人告之："此符甚灵，安寐无扰。"嗟夫，人不识，鬼亦不识。真神仙方也（耶？）！

名根

常疑"二桃杀三士"伪；而诸葛孔明好吟梁父吟亦矫情也。

读历代清言笔记载，江苏贡生张某，夫人甚悍。谋事于浙，遇二八少女，怜而爱之。遂与夫人书："后背银屑病，甚难挠之，遂娶妾侍挠。"数月后，妾姊至家望妹，夫人询之尚未嫁，乃亦妾之。姊妹俩遂争二姨太、三姨太之名。久而贡生怒，俱出之。

呜呼，蝶庵居士"名根一点，坚如佛家舍利，劫火猛烈，犹烧之不失也。"信夫！

点金成铁

王荆公为人拗强乖张，时人戏称"拗相公"。明人冯梦龙纂辑《警世通言》"拗相公饮恨半山堂"篇中，村妪呼豕为"拗相公"，以泄变法遗恨。随园诗话云：荆公古文，直逼昌黎，宋人不敢望其肩项。若论诗，则终身在门外。尤可笑者，改杜少陵"天阙象纬逼"为"天阅象纬逼"，改王摩洁"山中一夜雨"为"一半雨"，皆为点金成铁之手段。

今观某单位改革，初衷不可谓不好，然其政要举措，诸般情景，又与此何异，何尝非点金成铁、剜肉生疮乎！

"秦人不暇自哀，而后人哀之；后人哀之而不鉴之，亦使后人而复哀后人也。"周而复始矣！

学术

于楼道过，闻室内有师训其弟子，曰：学问当务实事，有利于就业；而某师所奢谈因果关系者，皆虚妄之诞耳，谁人可用之？忆及壬辰（2012）秋，浙江大学吴先生次芳者，论及学科建设时言：土地科学非一级学科，盖因学者所研非学术而多实务也。其他学科皆学术研究引领行业发展，独土地科学乃行业发展引领学术研究。观研究生学位论文，率务于一事，殊无学问之味也。

嗟夫，门户之习，不止于官宦，于学问一途亦然。率皆攻排诋呵，自树一帜（能如此亦善矣！），殊可笑也。凡人各有其得力处，各有其乖谬处，总要平心静气，存其是而去其非，可也。岂可尽斥拒之？盖因人也，非学问故！

感事

丁酉闰六月十七日晨，早雨。路遇二老，与三五语，牢骚满腹，大有感怀暮年之忧，怅恨晚景之叹。于是为诗云：

枕上夜半梦遇幽，风雨敲窗吟落秋。

身至无用思偏狭，事到难图意便休。

交情

子丑交时归，辗转难眠，冥思之际，张耳陈余入思。
慨叹初为刎颈之交而终为仇仇，人性何敢考验？
少林寺内，无忌求于芷若，欲救谢逊。
芷若：魔教教主，峨眉掌门，戮力同心，恐惹非议。
无忌：但求问心无愧！
芷若：若有愧何如？
善哉！芷若！大智慧也！

寂寞与黄金

2014 年的中秋，比往年来得早了点，在我还没有准备充分的时候，那轮圆月已喷薄欲出。我一个人呆坐，无法言说的心情，是缺一个无法言说的对象。我仔细揣摩孤独与孤寂的差别，寂寞与惆怅的异同，直至八月十四的日子将尽，真正的中秋将临，我也没有分析得清。

这一切，与醉酒无关。

月亮很圆，就差那么一点。看看时间，是十五日零晨一点。我模糊的记忆中，摔了个跟头，绊倒我的是一大块金子。其实我这辈子就没见过金子，也根本就不知道金子是什么样子。只是在这个时候，我就觉得它就是一块金子。

这一切，与别人无关。

若干年来，我一直在捡拾金子。我自己都不知道我捡拾了多少（这一点，似乎别人比我自己清楚）。总之，不少人（也许不多）知道。我无法知道别人是怎么知道的，因为那一切都发生在我梦里。

这一切，与梦境无关。

有时候，人总是做一些无关的事。无关金钱，无关情感，无关寂寞，无关欢愉……

"不为五斗米折腰"解

陶先生"不为五斗米折腰"令历代多少文人钦佩不已，而其"采菊东篱下，悠然见南山"更是令我辈羡慕不止，真是还要加是"忌妒"和"恨"才是。只是好像历代才子真未认真想过他是如何做到的。最近思之，所得有三：

一、陶先生"不为五斗米折腰"，可能有一个条件，那就是必须是他还有三斗米或者更多，可以保证自己虽不小康但可温饱。试想，如果真的连基本的温饱都没有，还能"不为五斗米折腰"？如果真是饥饿贫病交加，别说五斗米，就是一碗米也许会折腰的。当然，饿死事小，失节事大的话，饿死了，折不折腰也就无所谓了。你说现在一斗米还不足以买盒奶粉的情况下，不折腰的结果是什么。所以，你别觉得你自己的付出值几斗米，真的是眼巴巴地盼着，能给点是点吧。

二、陶先生"不为五斗米折腰"，可能是嫌米少。如果给十斗米或者更多，会不会折腰呢？当然，还是要回到第一个问题，就是自己家里有几斗米。看如今诸多富户子弟，有个工作也仅仅是有个事做而已，给几斗米是不太在乎的，或者就根本不在乎。所以在这种情况下，要折腰，那就得给的米的量具有足够的诱惑力才行，否则绝对不会折腰的。

三、陶先生"不为五斗米折腰"，有骨气，但是更重要的是还有自由，想不折腰就可不折腰。这种自由并不是每个人都有的。试想，清朝做到宰辅的张廷玉，老到连路都走不动了，申请退休都不能，何谈想不折腰就不折腰呢。

丁甲遭遇——Ⅰ

近段时间丁甲心情特好，精神饱满，食欲旺盛，整天吃着火锅唱着歌，乐呵着呢！

是日中午下班，远远看到政治部干部处处长丁乙。二人素来交厚，就上前招呼。岂料丁乙竟未理睬，目不斜视，径自离去。把丁甲的热情一下子晾到了零度以下。

刚进家门，就听电话铃声大作，视之，乃同事丁丙。二人寒暄两句后，丁丙就大谈丁甲早就该当个处长了，现在还没当上，实在是委屈了，冤枉得快与窦娥差不多了。随后讲他今天到干部处去了，他对干部处处长丁乙如何大谈人才对发展经济，促进社会进步的重要性，为国抢才是干部处的重要职责；之后痛陈丁甲是新时期的杰出人才，学富五车，才高八斗；再次又痛斥干部处自私狭隘，浪费人才。其间丁甲几次想发火，无奈丁丙口若悬河，慷慨陈词，条理清晰，逻辑缜密，语言连贯，无处插话。

直到丁丙讲了近半小时，听筒发热。丁甲方才再三致谢：丁丙慧眼识才，乃三千年后的又一伯乐，今生如得发迹，必当接环衔草，当牛做马，以报大恩……

挂了电话，丁甲郁闷无比，也不想吃饭，揉揉发烫的耳朵，睡了……

丁甲遭遇—Ⅱ

近日连日阴雨，丁甲所住陋室（属顶楼）漏雨，淋湿不少书籍与杂物，遂思购买新房。就近考察后，谈妥一房源，但对方要求一次性付款。丁甲与父母及岳父处筹款后，尚欠好几万元。无奈之下，想与昔日同学兼兄弟丁丁筹借。

邀得丁丁同学后，在一小店小坐，几口小酒下肚后，丁甲表明要借钱买房之意后，丁丁道："多大的个事啊！我在珠（穆朗玛）峰上建豪华别墅若干，送你一套去住就行了，何必再买什么房子，说出来也不嫌丢人！"

丁甲……

丁甲遭遇–Ⅲ

丁甲至乡下出差，偶感不适，送至乡下医院，医曰须立即手术。乡下医院条件较差，缺乏麻醉药剂。丁甲疼痛难忍，想起高中同学丁戊当年考中医学院药学专业，毕业后在就近县医院药剂室当主任，遂电话告知近况，求索麻醉药剂。

丁戊得知详情后道："多大的个事啊，不着急，你等着，麻醉剂算个鸟,你出院后我送你两箱杜冷丁。"

丁甲疼痛难忍,立时晕了过去。

注:杜冷丁适应症:各种剧痛的止痛,如创伤、烧伤、烫伤、术后疼痛等。

丁甲遭遇—Ⅳ

丁甲在乡下住院一周,因医院床板干硬,硌得丁甲脊背渗血、结痂、发炎、流脓。回家后,同事好友咸来探询。

适丁己来慰问,知其背部流脓,遂道:"多大的个事啊。我家世代为医,用多位中药炼得一膏,治疗发炎流脓最是相宜,其药效啊,云南白药难望其项背。"边说边从包内搜出一包,细心拆开,取出一贴膏药,用打火机慢慢烘烤,一边在丁甲腿部仔细按摩,之后猛然将膏药贴在丁甲脚踝。

丁甲坐在床上,龇牙裂嘴,抱拳拱手,连声致谢。

丁甲遭遇—Ⅴ

是日丁甲下班回家,一边走一边沉思。

忽然觉得一道寒光一闪,丁甲大腿骤感大痛。视之,乃一把小刀正扎在大腿上,鲜血已从裤子上渗出,形成一道细流,缓缓往下流淌。

丁甲抬头看四周，发现丁丙正带着儿子玩呢，小家伙手上还正拿着另一把小飞刀。小家伙见伤到了人，有点紧张，正往丁丙身后躲呢。丁丙一边拍着儿子的小脑袋，一边说："快问伯伯好。别怕，别怕，多大的个事啊！"顺手从丁甲的腿上拔出带血的小刀，没事，没事，一点都不痛，没什么。

丁甲正待发言，丁丙已说有点急事，带着儿子先走了。

丁甲忍着疼痛，往家走。手按在腿上，满手的血。实在是有点纳闷："刀扎在我的腿上，他凭什么说不痛？"

丁甲遭遇—VI

某日，丁甲上班来，烧水泡茶，正待处理手头上的一些工作，忽见几年前已退体的老张悠悠然进了办公室。

老张是丁甲老乡，但也就是认识，其情份也就是在路上碰到了打个招呼而已。

丁甲招呼老张就坐，热心地端上一杯茶。

老张不待就坐，先是好好恭维丁甲一番，先是痛陈"老乡见老乡，两眼泪汪汪"的情怀；其后讲自己要组织同单位的老乡，哪天一起坐坐，以便大家畅叙老乡情怀。最后才讲到正题，他的儿子今年大学毕业，想到单位来找工作，希望丁甲给现在正当人事处长的老乡丁庚说说情，把这事给办了。

丁庚是与丁甲同年参加工作的老乡，说起来还是一个家族，论辈份还是丁甲侄子，只是工作前相互不认识。

丁甲向来不愿求人，也不愿给人添麻烦，就直接道："丁庚你也认识，直接给他说吧。"

老张讲已经说过了。"丁庚那人不认老乡，一当官心就黑了，脸就变了。说什么政策不允许，现在都进研究生，不要大学生了。政策是个屁啊，前年那某某本科生不就是个吗？不就也进来了吗？我儿子还是专科呢，是党员，是又专又红的人才，凭什么就不让进了？拿政策说事，不就是不认老乡吗？"老张边说边激动起来。

丁甲越听越不是滋味：想当年刚到单位工作报到，老张是总务科长，负责给新进年轻人领取单人床。丁甲刚到单位，人生地不熟，在老张的呵责下从库房中搬出床头、床板，实在无法将床搬到距离约一公里远的宿舍去。看看院中有一三轮车，就向老张提出借三轮用用，还再三强调与老张是老乡（老张地方口音很重的），不料老张脱口而出："老乡是个啥啊！我认识你是谁啊？谁都来借，用坏了谁负责？"回忆这一经历，不知丁庚当年是否也经过这种遭遇？见到如此老乡，实在无法"泪汪汪"啊！

丁甲委婉拒绝了，听任着老张骂骂咧咧地走了。想想自己没当官都被人骂"不认老乡"，当了官的丁庚不知被多少老乡骂过了。

丁甲遭遇—Ⅶ

时值年末，单位组织文艺汇演，要求各下属单位出一个节目。

丁甲单位人员较少，要求全员参加，由一善舞者排练新疆舞。眼看演出时间快到了，但个别人员那几个动作就是学不会。丁甲每次看领舞者示范，也觉那几个动作平淡无奇，可自己就是做不到。

无奈之下，某人献策："换鞋。"

丁甲换上领舞者的鞋后，竟出奇地脚下灵活，臀部曼妙，只是头和脖子还僵硬如初。

献策之人大呼："帽子。"

领舞者依计将自己的帽子也换给丁甲，丁甲立马像换了个人似的，全身上下，动作协调，体态轻盈，袅娜多姿。

于是众人叹焉：屁股决定脑袋，鞋帽主宰行动，信然！

那时心情

那时心情

1. 时间按部就班，描述不了往事的深浅；回首越来越无力，久违了记忆里的软。真的需要，找准埋葬后事的地方……

2. 记忆躲在梦里，还没有出塞。拉长了往昔的故事，不小心扯痛了你自然的笑意和我歪斜的泪珠……

3. 西风无穷无尽，天寒不敌心寒。煮一壶陈酿老酒，回味一段心酸浪漫，有些情节比冬夜还长……

4. 秋天来了，花儿的鲜活注定要与枝头作一次哀伤的离别。深入时光的阴影，我依旧选择在立秋后回家。在故乡，将过往霉变的扉页装帧封存。你的目光，是我握在手里不愿撒手的一粒尘埃，映在回忆里依旧如水晶般剔透温润。当一泓秋水在准备承载一片落叶和一朵花瓣的重量之时，泛起的涟漪掩不住对光阴的叹息。若干的往事，于风中，终究纷飞，化成泥。

5. 相思何处说？空对当时月。当思念成为一种习惯，夜，风，花朵，月光，构成我全部的意境。

6. 成年的忧伤，深藏在唐诗里。尿不湿记忆着往昔的痛苦与惆怅；一杯二锅头，诉不尽儿时的憧憬和长大后的失落；晚风吹拂，三杯两盏怎么也醉不到天明。婉约的词签里，圈缩着无眠的爱和诗行。清明的雨水，在谁心里淅淅沥沥地下。

7. 给自己添暖是个细节，醉不过一虚词。隔山隔水的，那么远。那些愁人的美丽摸不着看不见，只在心里含苞待放。一场桃花雪，行走的你，身子晃了一晃……

8. 一个人一个时期认识，并不一定是对自己过去的总结或理性思维的提高，在一定程度上都是在为自己曾经的行为找一个借口，以此来证明自己曾经正确。猛一看似乎很有道理，但仔细想很可悲的。

9. 一种无法诉说的心境。我冠以它两个字：颓废。没有披头散发不修边幅，没有郁郁寡欢愁眉不展，没有喝酒寻醉强作欢颜……依然安静地行走在阳光下，漫步在细雨中，一颗心却是空空又荡荡，失失又落落，无以寄托，无处安放。我知，我的骨子是懒散的，我的内核是颓废的。

10. 万事到秋来，都摇落。既可萧索，也可沉静，只看吟者心绪。或是季节的情殇，或是岁月的积淀。平心而论，我不喜萧索，无边的落寞，会是锥心的虚空，生命，也就了无生趣。一旦被寂寥击中，便若罂粟之魅，魂兮无归流离失所。

11. 又是一个晴朗的中秋节。我的左脑渴望读书，我的右脑向往草地，而我的整个大脑系统居然判断不出读书与去草地哪个受益更大？

12. 日子像囚徒一样被放逐，远去的梦想薄如蝉翼。秋深，夜寂凉。轻念一阕瘦词，润暖几句诗行。独倚晓窗，听，谁在抚琴幽唱？

13. 三生石上早已注定的昙花情劫，只能深刻地雕琢上季节的印痕。那些像棉花糖一样柔软的脆弱，悄悄地潜伏。风干了缕缕的伤痕，谁的内心湿润一片？

是谁，苍白了我的执着，讽刺了我的真诚。

14. 黑夜终于到达，天底下所有的故事归于沉寂，生命回到原本的安静，在哭笑中宣告自己的到来。某些融入悲欢的旧事注定难以忘怀，如一部古旧电影的片段，无法拼凑完整，但有些画面始终清晰美丽。我在季节的怀里，眯着眼睛欣赏，也许，我只是你人生里，一个无足轻重的意外……

泪眼轻弹，淋湿了一生叙不完的遗憾；繁花落尽，成就了一生扯不断的眺望。一生轻叹！

15. 这一年，了无牵挂，只有深入骨髓的孤寂。

那年那月的那些记忆，一直在增加寂寞的厚度。曾经的故事像风一样，无边界无结果无尽头，你一边努力改变一边告诉自己坚持。往事已久梦依旧，在如逝的岁月里一切成了回忆。时间像把剪刀，记忆的碎片落了一地，无论怎样努力地拼凑着，再也无法找到最初的影子。曾经的那首歌，时至今日，又有谁配倾听……

16. 站在春天里放飞心情，游动的眸子，越过层层楼房。记忆瘦弱成烟，织成千百年的网。如留守儿童，无助的眼神，只为等待……

17. 现实，与一粒麦子的距离有时很远，隔海的想象很

美却很残酷

18. 是谁在我额头刻下年轮与荒凉，亘古不变的诺言是一场浮游神话，走过就走过了，下个路口不会有熟悉的风景，曾经的记忆已不属于我。最后一片枫叶落下多少的离愁和叹息，就算有前世的记忆，如今也只剩下被 时间带走的曾经……

19. 这个世界有太多冷漠的脚本，所有剧情都变幻离奇，不知道还有什么能唤起那曾经的激情。本身不孤独，只是将自己搁置在一个未打开的视角线，蜷缩在一个荒凉的角落，做真实的自我保护。我不知道这种状态还要持续多久，只是疲惫到只想沉沉的睡去。

20. 还记得多年前的那些怨，你一腔柔情，探索幸福，只想着美丽自己的事情。可突然有一天她对你说：那只是计划中的半个小情节。从此你在情节里迷路，并跌入悲剧的陷阱。日子渐次枯黄，春天里，你默默润色未来的内容？

21. 醉后方知酒浓，爱过方知情重；你梦里有我，我醉了也忘不了你。我如何知道这是白天？你在我生命里，我如何知道这是夜晚？你在我心上。哪种爱不痛？

22. 夜雨孤灯乱翻书，竟无一个故事，让人荡气回肠……

23. 如果把自己比作一只乒乓球，那么人生展开就是左右球台，而命运与上帝总是在角力。最精彩的一段生命，就像那球网，向左或者向右，扣杀旋转都是被动的。

24. 心浮气躁是一个人接近幸福的最大障碍，好高骛远是一个人无所事事的根源。

25.有些时候，想要去改变一些事情，却发现不是自己想象的那样简单，而改变自己，远比改变他人来得简单。

26.一个人总要走陌生的路，看陌生的风景，听陌生的歌，然后在某个不经意的瞬间，你会发现，原本费尽心机想要忘记的事情真的就这么忘记了。

27.我落日般的忧伤就像惆怅的飞鸟，惆怅的飞鸟飞成我落日般的忧伤。

28.总有一天我会从你身边默默地走开，不带任何声响，我错过了很多，我总是一个人难过。遗忘，是我们不可更改的宿命，所有的一切都像是没有对齐的图纸。从前的一切回不到过去，就这样慢慢延伸，一点一点的错开来，也许，错开了的东西，我们真的应该遗忘了……

29.寂寞的人总是会用心的记住他生命中出现过的每一个人，于是我总是意犹未尽地想起你在每个星光陨落的晚上一遍一遍数我的寂寞。你永远也看不到我最寂寞时候的样子，因为只有你不在我身边的时候，我才最寂寞。

30.有些人会一直刻在记忆里的，即使忘记了他的声音，忘记了他的笑容，忘记了他的脸，但是每当想起他时的那种感受，是永远都不会改变的。那些以前说着永不分离的人，早已经散落在天涯了。

31.记忆像是倒在掌心的水，不论你摊开还是紧握，终究还是会从指缝中一滴一滴流淌干净。不是每一次努力都

会有收获，但是，每一次收获都必须努力，这是一个不公平的不可逆转的命题

32. 有鬼的地方都有阎王，自在的神仙都住在天堂。你生活在人间，为什么特别在意那两个地方？心里揣着鬼，向往天堂？

33. 前尘往事也许就是那两扇古老的石磨，一扇在固定中坚持，一扇匆匆碾往未来，而日子却从磨眼里被慢慢碾碎成零星的记忆。

34. 爱是一种感动，也是一种一瞬间就消失的东西。对爱的回忆，是喜欢看爱的背影，不代表仍爱曾经的那个人。

35. 世间所有的事，都要我们去做出选择。正如一份感情，注定要消失的时候，你唯一可做的事，就是忘记她，或者让她忘记你。

36. 懒惰的睡眠跟勤奋的思绪说了声再见，脚步声也在夜的隧道上，渐行渐远。

仔细寻觅着昨天，遗留在身后那一串故事的美妙与精湛，星星点点……

寂寞的姿势，是站在生命的出口里，看落尽繁华的心慢慢地老去，没有了呼吸的时候，心仍然在剧痛着的一个动作，一个凝固了心底最苍凉的声音的姿势。

中元节乡愁

中元节的雨
淋得乡愁无法出逃
祖先坟茔的风景
豪放一首粗犷的诗
金戈铁马的情结
淋漓尽致地陈列
密密麻麻铺天盖地而来

我是归人，打着旧伞
撑着离人的落寞与沧桑
半遮半掩的轻愁
依旧残留故乡的记忆
香火熠熠
听秋雨细细诉说
先人的梦从我的梦里走过

风从背后袭来
撕裂如雾的烟纱
目光，在雨中席地而坐
参悟过往

把蜷缩在最深处柔软唤醒

倾听一个名字落水的声音

秋雨如一张网

捞住一山少见肥绿

乡愁被山溪分了，仍泡在水里

思念踏屐而去

抓不住渐行渐远的背景

珠泪爬满窗棂

洒落一地大江东去

独白（其一）

　　行走于榆林市街头，任思绪飞扬。露重湿衣，忆及"如此星辰非昨夜，为谁风露立中宵"句，感慨良多，遂独白于己：

　　　　最后一杯酒

　　　　淋洒于一天最后一刻

　　　　是谁在依依不舍地徘徊

　　　　瘦了清影，醉了月光

　　　　是谁在怜惜这暗灰的夜晚

　　　　任往事凋零

　　　　那一抹闲愁

　　　　如果不是无心走入心底

　　　　我真的会听从你的吩咐

　　　　不再想起你

　　　　也不会让单纯的时间维度

　　　　把伤痛演绎成浪漫的回忆

　　　　不经意间蓦然回首

　　　　自己竟走了这么远

　　　　只一声轻轻的叹息

　　　　转瞬成了朦胧

　　　　前事历历后事隐隐

太多的事，真的适合

在最美好处，戛然而止

应该学会，在微笑里

埋葬情绪

一面惋叹

一面决绝

独白（其二）

在这样一个笃定的夜晚

赶在雷电之前

选择一杯酒

调整好姿势

轻轻品啜

想将清愁和茫远一一尝尽

醉了，不能自控

在沉静处，一遍遍

读我的诗行

情思缕缕一泻千里

漫过所有的迷茫

在有你的梦境中肆意流淌

那清冽甘醇的酒质，一扫

孤灯瘦影的彷徨

……

能否，请你与我共饮

一杯

莫名的激动骤然而至

灵魂颤栗

茫然寻问：你在哪里

想起了一首歌

只是想为自己找一个借口

想问问那歌中的一句歌词

或是一个词语

曾经路过的那棵树不知是否还健在

是否还可以读懂我的心思

那是一首被泪水浸泡过的歌

它既不着调也不靠谱

只有苦咸的滋味

只是经过了许多苦难的沉淀

可不可以

看着你

在你的温柔里寻一种慰藉

不需要说什么

只为安慰瘦弱的我

连同那清瘦的文字

那个季节没有爱情

那是一个无人知晓也无人记忆的季节
用一场考试演绎了鲤鱼跳龙门的传说
紧巴巴的日子，让村庄的炊烟
多了一份飘渺的喜气和哀怨
仰望云朵，心，已经远航

一朵闲云从东边流浪到西边
风儿睡着了，就稍作停留
于是，露珠在每一片叶片上
回忆月夜里流落的思念

从一个村庄踱到另一个村庄，不远
在每一墩烟囱里，嗅闻季节的清香
但却无法留住那一段小小的残梦
就算擦净犁铧擦亮星星
也仍然无法企及，世俗的目光

梦，被彻底的击垮并淡忘在季节之外
从一个村庄到另一座楼房
在老死不相往来的熟悉中

就像一根桃木一样
永远无法回到世外桃源

今天，站在村口的土路边
远去的车辙压伤记忆的神经
在消失的岁月中
从未淡忘那份追忆
在最深的梦里
你依然是我最美的风景

淡忘的岁月，拉长了时光的影子
轮转的季节里
在有意和无意之间，变换着坐姿
漫长的等待里
总是被一些不经意的事刺伤
只是，一朵云的流浪
已忘记季节。还有
永远也无法忘怀的思念
就像这个季节的草，甘愿为下个季节枯萎
疯长

静寂的午夜
只有这雨声让我感到生命的灵动

让那盏曾经照亮心扉的烛火

在冰冷的雨夜里无声地熄灭

依稀听见，放逐了的温情

在遥远的村庄为你祈祷

潮湿的心再也无法烘干

只为了让一切悄悄逝去

飘逸的雨轻轻地抚摸岁月趟过的脸庞

只要你能在不经意时想起我

就像曾经路旁的杨树边

在你可能经过的路口我的守望

在这个没有预约的季节

只想在思绪里静谧地沉浮

只为曾经与你共度的时光

感悟逝水流年的无奈

无论多么精彩的表述都不再是我想要的本源

我只能在月光的逆影中

独自享受一种最凄美的豪放

在半醒半醉之间，为你

以诗歌的意境，演绎我的粗狂

在走了很远的路之后

再也无法回到起点

只有裹紧深藏的心事

将村庄的恩泽怀念

深深企盼，在下一个驿站

能够等待你的到来

那是我人生季节中最美好的愿望

即便是在最寒冷的季节

也是一堆熊熊的烈火

在你不经意之间

为你播下一路的芳香

从村庄到城市

从高山到平原

故乡情绪

晚风，从乌梢岭，将
心情大面积铺展
填塞于广袤的河西走廊
挺拔的白杨树，正静静聆
西营河的欢唱和
小麦花开

夜光酒杯，斟满月色
点点，滴滴，叩击着胸膛
一声声
淡淡的感觉
飘过一道柔韧的河湾
轻轻流淌
一粒细露
蹚着小麦成熟的音符
湿润了
故乡的情绪

慢慢渗透

风吹窗棂
一些往事和忧伤
从窗缝里溜进来
被解读成
挂在黄昏柳梢上的
一弯斜月

清瘦的寂寞
如此惹人怜爱
虚胖的夜，彷徨在
一场没有结局的梦里

风走了，破碎的心
落叶一样舞蹈
曾经的美好
正与现实话别
而我，却在虚幻中
将苦寂，慢慢
渗透

安慰

站在一场梦的中央

不停寻找边缘

多年前的沉睡和多年后的梦醒

除了自己，无人问津

唯一牵扯不清的是你

唯一可做安慰的是轮回

那一天

那一天

不知是否花开

零度的沸点

在梦的回忆里燃烧

多年后

埋地下的记忆

带着泥土的芬芳

为那一天献上葬礼

冰点的血凝

冻结心的热情

花开的季节

已不再是那一天

用最后的意志力抑制着酒带来的眩晕

希望把优雅继续

一条短信模糊味觉

之后，潇洒地挥手走远

绵长的寂寞

千年之前就有

不该打扰

那曾经的忧郁

落寞

站在家乡的水渠边
任落寞的风，响向黛色的远山
夜鸟的鸣叫
抖落了一身的羽毛
痛，是心里最毒的虫

没有语言
曾经的话语，有一些沙子
硌牙
不知道在等待什么
不流泪
把眼神悄悄藏匿
哭泣留在月明的枕边

悲哀

苍白的钟声

在寂寥的雨巷里回响

撑着油纸伞

丁香一样的姑娘

已经是满脸皱襞

成了谁的弃妇

天上的街市很美

肉眼看不见空气中的二氧化硫

银河浅落

牵牛移情别恋

心里暗恋着嫦娥

仍默默注视着织女

神女峰如贞节牌坊

立在江岸上

孤独的挑衅七情六欲

巫山云雨

在后人的记忆里缱绻

心不能变成石头

心情也不会永恒

教我如何不想她

那个穿超短裙的舞女
忧郁是一条蛇
贪婪的吞噬欢笑的花朵
布谷沿着节气飞来
迷失在灯红酒绿里
找不到回家的路

失落

曾经吸引过你的一切
已不再吸引你，
曾经感动过你的一切
已不再感动你，
甚而
曾经激怒过你的一切
已不再激怒你。
这时
人就需要寻找另一种风景

中秋月亮

是不是我的记忆太美
所以月亮也容易喝醉
若醉了也不许忘记
在这个美丽的中秋夜里啊
在梦中和你相会

天上的流星坠落
点亮你生日的烛火
我是抚过你耳边的轻风
亲爱的朋友啊
我知道此刻
我什么也不可以说

祝福就是这个样子
在心头将你悄悄暖热
此刻的我正想着你
你便会在那个熟悉的田野里
花般的撒落

有一种思念

放纵在今夜

为你而种下的山百合

和月光一起疯长

风兮来兮

你可曾感觉到身旁

那千里花香

曲散歌终

让我的关怀回到你的梦中

你的生日

我来了

你看天边

有着同样皎洁的山月

岁月的刀

岁月的刀在心底无情地雕琢
四十个年轮的交替更迭
却永远找不到昨天的印迹
时刻被冲倒的残破的躯体
是一架被上帝制成的永动机

疲惫的心被包裹着永远崭新的笑意
自立和坚强像纸里包着火
在冰点以下颤栗
放逐的思绪在第一束黎明的曙光中
收缰勒马
生命的思想与远行的信念
停留在曾经的梦里

生活的苦旅在心底游弋
精神的彼岸爬满黑色的石头
岁月的刀无情
把无奈和悲哀雕满心底

幻灭

寂寞的天空

飘荡着浓浓的烟雾

躁动的风刀

将其切割成条

最后被剁成一粒粒微尘

飘落

荒芜的心海

曾经流淌的血液结冰

初冬的眉梢上

爬满龟裂干燥的眼神

等待天使的降临

经年的渴望

依然被烟雾封存

流星般幻灭的希冀

昙花一现般绚烂

最终幻化成一滴

感动自己的清泪

那些莫名的忧伤

必有一块石头隐藏在胸腔中某处
不易察觉，更不可轻碰
当我意识到它的存在
它就开始变得有棱有角
并且碎裂成很多块
每一块边缘都露出了刺

这些瞬间形成的锐物
又似受到惊扰而躁动
开始
在血管里不安的狂奔

心若湖泊
突然而来的悸动是否可以
在淡定中打磨到圆润

我宁愿这变化是一种错觉
被忽视，或遗忘
而面对那些无力的，不可改变的
我终将不能平静如水

无题

花已枯萎

仍紧抱枝条

时间苍白了过往的记忆

夜雨凉薄

落叶不堪回首曾经的凤凰栖落

纷纷融入泥土

所有的爱恨情仇

从此尘封如昨

开题报告

主角在结冰的水面死亡

剧情冻结

明年夏天的故事

开始在寒梅枝头上演

配角沉入剧中

忘记了现在

又在回忆里否定自己

对牛弹琴尚可

而牛却进入一个虚构的情节

主角在现实中复活

取代了牛的位置

侃侃而谈牛的认识

剧情成尾幕的一个名字

越来越模糊

直至

黑暗

一只不冬眠的蚊子

该走的
几乎没有停留
就已经走远
该来的
等待已千年，还在等待
即将入睡的冬
慢慢拉长黑夜
成全一个个美梦
在虚拟的笑声里，完成
哑口无言的触摸

阳光透入，剩下
一只不冬眠的蚊子
担纲主角
演绎一个
生命逃窜的流程

迷思

阳光躲在
布满青苔的字里行间
微微颤栗
笔尖上诱人忧伤的水滴
悄悄藏在一只猛兽的瞌睡里
披荆斩棘
恢复失去的葡萄园

窗口一棵槐树的枝条上
填满日渐清冷的空虚
越来越瘦的静谧
如一片孤独的落叶
感受冬的罡冽
叶脉上纵横的沟壑
以及星星点的残缺
在风中
一边舔食躯体的痛苦
一边梳理迷思的目光

随笔

咖啡心情
沉淀其中的 苦
只为留下
香

聆听灵魂的声音
心情被层层剥离
时光苍老了想象
回味陪我温暖

时光穿过白发
无奈填满现实
轻愁，也是奢侈

调侃的角落
藏着什么
吹弹可破
孤独 抑郁
懂

生病

一不小心就生了一场病。

整个过程 简单而又迅捷。

老婆孩子紧张得在家里说话都小心翼翼。

而我始终紧缩眉头，忍着疼痛。

一直以来自认为还年轻。

可是，实践证明真的不年轻了。

病中始觉老境渐至。

好在，还一直坚持乐天形象。

并未给他人带来太多的麻烦。

虽然还有三两同事郑重其事地来看望。

三周，休息。

上班了。

打开 QQ。

打开了空间。

其实也没什么更新。

竟没由来地伤悲。

而且就没完没了。

泪水涌满眼眶。

滴落胸前。

泪如泉涌。

泣不成声。

哭倒在沙发上。

心痛、怜惜……

不知道是为我还是为你。

抑或是为了其他。

古人说相见不如不见。

过去一直没懂。

懂了。

太迟了。

如果真是不曾见过。

其实也无法验证会是什么样子。

其实，也不知道自己想说些什么。

曾经的心情

你的身影消失得那样决绝
如同一个转身
就否认了那么多年的光阴
轻易地甩掉了曾经的过往
站在没有悲伤的景色里
理解自己的绝望与荒芜
时过境迁，曾经的心情
不敢称之为沧海桑田……

不敢想象
你的声音 一字一句地绽放
你站在枝头，我立在田野
在这场盛大的季节里
我的脚步是轻盈的
没有发出任何声响
心跳的声音
我什么也抓不住
其实
你怎么想
都不过分

好在，一场细雨过后

就忘了 那枝头的伤痕

从一开始

从一开始

你声音飘来的时候

与经年一模一样

也与昨天相仿

走在雨地里

让夹着沙土的春雨涮

从一开始

阳光是从土壤里升起来

与你的姿势相同

一张熟悉的脸

你一笑，我的体内长满了花朵

每一朵，都是一句精彩的谎言

有些事，只适合怀念

曾经放下的沉重，忽又爬起，

该以什么姿态去面对？

那些脚步，转身之后又是迷茫。

该用怎样的语言去表述？

那些笑容，在风里失去了本来的颜色。

这个冬天一路前行，时光还在生长。

拥有了一次，就是永恒吗？

尽阅花由繁华走向衰败的过程，

疼痛一次次的被挪开，又一次次的被覆盖。

记忆散落，是否还能铭刻相知的最初？

距离太远，或许穷尽一生的力量也无法追赶。

而脚步，却还在不知疲倦地奔走于路上。

目光，一如既往。

黑夜中，把记忆拉长，一起去流浪。

也只有这样的黑，才真正的属于那些虚幻的表象。

寒风呼啸的如此疯狂，纵有温暖也禁不住苍凉。

我只有如莲般地坐于佛前。

守着一盏清冷，

虔诚地默念着那个千遍万遍过的祈愿。

风过山林,月洒清辉,思绪在孤独中游走。

那个独舞的样子,可是你想要看到的场景？

站在无边的荒野里， 看那些纷繁的故事，

从无到有，由浅至深。

出逃的灵魂，再一次染上寂寞的颜色。

或许，有些故事，只适合怀念。

有些人，只适合远距离地观望。

冬天和春天，是一个明显的分界线。

季节如此。人生也大概也不会两样。

有些人，有些事，有些话

有些人一直没机会见，等有机会见了，却又犹豫了，相见不如不见。

有些事一直没机会做，等有机会了，却不想再做了。

有些话埋藏在心中好久，没机会说，等有机会说的时候，却说不出口了。

有些爱一直没机会爱，等有机会了，已经不爱了。

有些人很多机会相见的，却总找借口推脱，想见的时候已经没机会了。

有些话有很多机会说的，却想着以后再说，要说的时候，已经没机会了。

有些事有很多机会做的，却一天一天推迟，想做的时候却发现没机会了。

有些爱给了你很多机会，却不在意没在乎，想重视的时候已经没机会爱了。

人生有时候，总是很讽刺。

一转身可能就是一世

说好永远的，不知怎么就散了。最后自己想来想去竟然也搞不清当初是什么原因分开彼此的。然后，你忽然醒悟，感情原来是这么脆弱的。经得起风雨，却经不起平凡；风雨同船，天晴便各自散了。也许只是赌气，也许只是因为小小的事。幻想着和好的甜蜜，或重逢时的拥抱，那个时候会是边流泪边捶打对方，还傻笑着。该是多美的画面。

没想到的是，一别竟是一辈子了。

于是，各有各的生活，各自爱着别的人。曾经相爱，现在已互不相干。

即使在同一个小小的城市，也不曾再相逢。某一天某一刻，走在同一条街，也看不见对方。先是感叹，后来是无奈。

也许你很幸福，因为找到另一个适合自己的人。也许你不幸福，因为可能你这一生就只有那个人真正用心在你身上。

很久很久，没有对方的消息，也不再想起这个人，也是不想再想起。

一个人的世界，孤单。

两个人的世界，猜疑。

一生何求

偶然听到一首歌曲："冷暖那可休，回头多少个秋，寻遍了却偏失去，未盼却在手，我得到没有？没法解释得失错漏，刚刚听到望到便更改，不知哪里追究。一生何求？"

岁月踩上风火轮猎猎而行，转瞬已是人到中年，昔日年少稚气，青春逼人的面孔，早已不复存在，红尘滚滚，为讨生活，我们都不同程度营营役役，常常忙得焦头烂额，心浮气躁，忽略了人生的情趣和意义，每每夜澜人静，扪心自问：我们到底一生何求？

黄昏

轻轻启开紧闭的窗户，被出卖的灵魂在夜色中淡漠。灯火阑珊处，令人惶恐的寂静，在悄悄地延伸。

白雪的洁白，给荒凉的天地带来几许安慰，不规则的脚印，早已深深印上冬的烙痕。

情感的田园，花朵已失去了艳丽的色彩，一棵枝丫伸出手来，渴望着阳光和希望。

内心的空虚，比一张未打印过的纸，更显得苍白。淡淡的思念，只渴望一缕干枯的花香。暗夜的灯光，延绵海市蜃楼的印记，在募然回首时，过往的轨迹已经烘干。

伸出手，在自己灵魂的抽屉里，将那枚满载伤感的标本，狠狠碾碎。曾经的过往，绝尘而去，留下一道清淡的迹痕。

夜晚像一个精灵，悄然地收敛了想要的微笑与欢畅……

冬季的忧郁

正午，你已经成了一棵不说话的冬青树，于人籁孤独的音符中，像被鸟啄过的谷穗，和街面上的尘土，一同地卷到黄河岸边。

黄河上棕色来风，裹着你浑浊的心绪如苇纷披；你只奈何着，厮守着生命的酒杯，饮着山川的人生饮着远方的迷茫。

你是一片叶子，你凄凉地在草花上风滚着，你思念树的乳汁。

可是，你却被杜鹃啼出一滴殷红的小诗。

你无从将自己伸入那方土地，生根发芽……

守一份清静

说起江南，众人眼前便会出现烟雨楼台，柳绿桃红，小桥流水，江枫渔火，但那些只是诗里的江南，只是人们梦里的江南。有些事是经不起岁月跌宕的，是受不住物欲冲击的。再纯美的曾经，再清新的过往，也不是一如既往的保证。谁还守得那梦中的一份清静？

后　记

　　考订近年所作诗文，成《陇上行吟》卷。经敦煌文艺出版社李君恒敬编辑，又合近年说教之作《别样情怀》、旧年杂言《另类感悟》及昔时点滴《那时心情》，条举件系，编撰出版，仍总括其名《陇上行吟》。各体互兴，分镳并驱。譬陶匏异器，并为入耳之娱，黼黻不同，俱为悦目之玩。

　　次之校订，自愿略其芜秽，集其精英。于近年诗作，推敲词句，熟思润色，使其句出于深思，义归乎翰藻。而于旧年之作，时已弥远。其放言遣词，意不称物，文不逮意。虽欲详究，恐终为伪虚。如操斧伐柯，虽取则行远，而失旧时之情意也；随手之变，亦良难辞逮意达。沿前虽有讹，而改旧或成误。故略有字词校正，殊少删削，以温旧梦、寄遐思，亦欲自验所学之深浅，自观大辂之椎轮也。

　　文皆发于微信或QQ，多经好友点赞指正修订，增其精微清润之质。初由学生林淑敏等人汇总，次经妻陈蓓初步整理，再经李君恒敬等人悉心编排设计，邀吾博士生导师张仁陟教授撰序，甘肃怡和拍卖有限公司孟怡均总经理赞助，谢保鹏、裴婷婷等人校核，始成今日之版。尤以李君恒敬之认真，增删虽片言只语，却能综辑辞采，挈领维纲。今能付梓，实赖众人合力为之。在此一并致谢！

禀鲁钝之资，挟鄙陋之学，而欲成专辑，诚太不自量。然敝帚自珍，缄石知谬。不避简陋之嫌，难免覆瓿之羞。倘非灾李祸枣，即为幸甚之至。

是为记。

时戊戌年九月廿日